bad at being human
good at being me
So fuk you, fuk you all

Still hating [redacted]

goddamn humanrace

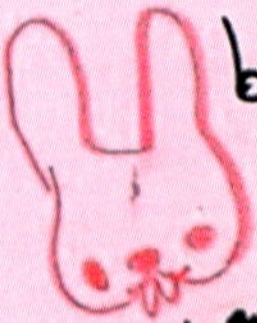

but im so glad you are a human

[redacted] i love you

♪ Yung Hurn – Gefühle an dich in einer Altbauwohnung, Pt.I ♫

Ich liebe es, wie das Licht der bunten LED-Kugeln die Gardinen in pastellenes Licht taucht; so wie auch sein Gesicht und das, was nicht von den weißen Laken verdeckt wird. Er liegt da wie ein junger Gott, es fehlt nur ein Heiligenschein um seinen Kopf und ein pompöser goldener Rahmen, und er sähe aus wie aus einem mexikanischen Schrein entsprungen; ein kitschiges, romantisches Bild, das neben einem Motiv von Frida Kahlo hängen könnte.

Er wirkt so sehr wie aus unserer wahrhaftigsten und ehrlichsten Ästhetik entsprungen, dass man sich fast schon fragen könnte, ob er überhaupt real ist.

Es wird unwichtig, wie man aussieht, wenn man es schafft, sein Inneres mutig und ehrlich auszustrahlen. Menschen hören auf, an deiner Fassade hängenzubleiben, wenn du glühst!

Was ist, wenn all das hier nur eine Simulation ist?

Dieses Leben, was auch immer es ist, es ist echt; und es gibt sie wirklich, die Menschen, die mich verstehen.

Bist du sicher, dass du dir nicht bloß immer noch verzweifelt wünschst, verstanden zu werden? Unsere Gedankenwelt ist immerhin sehr konfus und zäh, undurchsichtig, eigen.. Wer soll da schon durchblicken? Du selbst schaffst das ja nicht einmal.

Jeden Morgen, wenn ich aufwache, ist er schon im Bad oder macht Frühstück; und manchmal liegt auf seinem Kopfkissen eine Zeichnung für mich.

Tom <33

jennifer,

im gonna go to the desert

and shoot the sun that hurt you

(he named his cactus Jennifer)

verything
to be
oved
dont tell anybody
I found a town
in my heart motherfuckers
dont tell anybody
I want out

Es ist wie so ein kleines Spiel zwischen uns geworden, immer kreativere Wege zu finden, uns einander zu öffnen.

Wir hinterlassen einander Nachrichten und ermutigen uns mit Zeichnungen unserer eigens kreierten Phantasiewelt–

und der in ihr lebenden Wesen.

Ist doch verrückt, dass unsere Welten verschmelzen können, in dem Moment, in dem wir unsere Phantasien kombinieren, nicht?

Ich wünschte, ich könnte immer nur in unserer gemeinsamen Welt existieren.

Dein Verstand ist dein Zuhause, er ist die Übersetzung der Realität, außerhalb davon kannst du nicht existieren und dein Körper könnte nicht neben seinem liegen; das willst du doch nicht, erinnere dich.

Er kennt mich zu gut, manchmal macht es mir Angst.

Wenn wir wollten, könnten wir ganze Romane allein damit füllen, was ausgerechnet ihn so wundervoll für uns macht; aber insgeheim befürchtest du, dass du das, was du an ihm liebst, in jedem Menschen finden könntest.

Wieso fürchte ich es?

Weil es das alles sehr viel weniger besonders oder romantisch werden ließe..

Was versuche ich zu kompensieren, die gescheiterte Beziehung meiner Eltern?

Disney-Prinzessinnen haben deine Erwartungen an die Liebe geprägt–

–und obwohl ich mich von vielem Einprogrammierten lösen konnte, an den Zauber der Liebe glaube ich nach wie vor.

Wenn es aber nun so was wie Seelenverwandtschaft gar nicht gibt, wenn man überhaupt gar nicht füreinander bestimmt ist, wenn–

feelings

Ändert es tatsächlich irgendwas? Diese Gefühle sind da, ich fühle sie, das allein macht sie schon real.

feelings

eww my feelings

Ist er bei uns, so herrscht direkt eine ganz andere Raumenergie, als wenn wir alleine sind.

Yum yum
Yes love
Yum yum yum
thank you

Ich genieße seine Anwesenheit, mag es, ihm zuzuhören, wenn er an seiner Musik arbeitet oder nachdenkt.

Du kannst ihm beim Nachdenken zuhören?

Seinen Körper an meinem zu spüren ist wie eine Erweiterung meiner selbst, als würden unsere Körper und Seelen zu dem verschmelzen, was unser aller Ursprung ist.

Früher waren wir fest davon überzeugt, dass man nur eine lange und glückliche Beziehung führen kann, wenn man alles dafür tut, dass es dem anderen gut geh – das wurde zu unserer Lebensaufgabe, einfach, um nicht allein sein zu müssen: vollkommene Aufopferung zum Wohle eines anderen.

"be yourself"

Ich mochte es, ein Leben im Schatten zu fristen, dort habe ich mich sicher gefühlt.

An der Seite einer stärkeren Person zu sein, von ihr gebraucht zu werden und alles zu tun, um ihr zu gefallen;

NOOOO~

wie ein Parasit, der sich im anderen verkriecht, um geschützt zu sein …

Ich dachte nicht, dass es je anders sein könnte.

Doch bei ihm war es anders. Man spürt einfach, wenn man mit anderen Menschen auf der gleichen Frequenz sendet; Alter, Aussehen, Herkunft oder Geschlecht sind nicht entscheidend, man schaut einander direkt in die Augen und sieht das Universum aus ihnen strahlen; mit ihnen zu kommunizieren ist ein einziges Voneinanderlernen und ein Austausch im *Hier* und *Jetzt*.

Mit ihm befinden wir uns sowohl geistig als auch körperlich auf einer ewigen Achterbahn.

Anfangs dachte ich noch, diesmal hätte ich emotional alles unter Kontrolle und würde mich auf keinen Fall verlieben–

Wie hätte unser Bein sich nicht zu dem seinen hingezogen fühlen sollen; wie um alles in der Welt hätte unsere Hand denn dem Impuls trotzen sollen, seine Lippen zu berühren?

Die Anziehung war wirklich überdurchschnittlich stark.

Körperlich vielleicht, aber seelisch hat es seine Zeit gebraucht, nicht?

Ich habe wirklich geglaubt, er sei nicht viel mehr als eine schöne Fassade, so wie alle Menschen, die ich bis dahin kennengelernt hatte.

thank you for being my friend

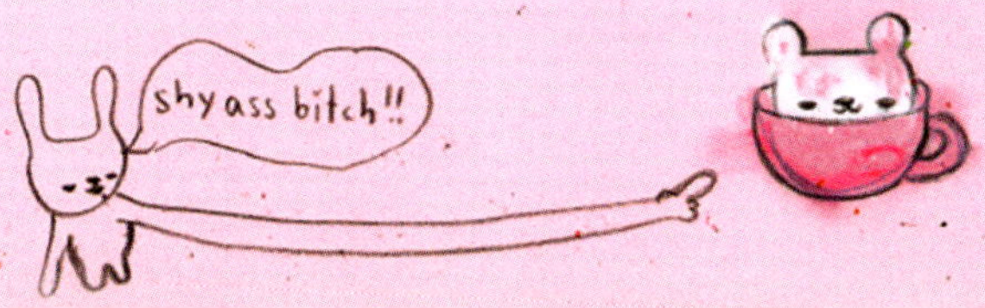

Als er sich uns öffnete, fühlte ich mich ihm augenblicklich nicht mehr gewachsen.

Er hat mich eingeschüchtert, und ich hatte Angst, ihn zu verlieren; Angst, seinen Anforderungen an einen Partner nicht gerecht werden zu können.

Dabei hat er uns von Anfang an durchschaut—

Du warst es, die ihm das Leben durch deine üblichen Spielchen schwer gemacht hat.

I can't help who I am. Aber er sieht in deinen Augen, wie es dir geht; sogar wenn ich meine Masken aufsetze, durchschaut er uns sofort.

Ich wusste selbst nicht, wie blockiert ich war; mir war nicht klar, wie verblendet ich war.

Unglaublich, dass er so lang um uns gekämpft hat.

Er hat es mit dem allerdichtesten Dornenwald aufgenommen, ist von einer felsigen Klippe gesprungen, in den finstersten Ozean eingetaucht und hat mich tatsächlich gefunden …

… und dazu bringen können, an die Oberfläche zu kommen. Was hat er nur in dir gesehen?

Wie konnte er über dich hinwegsehen, ist die bessere Frage.

Er mag uns, weil er, so wie wir auch, sehr verschlossen ist; wir sind beide sensibel, beide nachdenklich. Außerdem tragen wir Dämonen von ähnlicher Natur in uns.

Ich habe in ihm einen tiefen Brunnen wie den meinen gefunden; selbst wenn man seinen Blick schärft, wird man den Boden niemals zu sehen bekommen.

Das ist es auch, was uns so sehr daran reizt – ist es nicht so?

Ich habe alles, wonach ich mich immer gesehnt habe, gefunden, als ich nicht danach gesucht habe …

Wonach hast du dich immer gesehnt?

Nach dem Gefühl, angekommen zu sein.

Ich traue dem Braten nicht, es kann nie alles so perfekt sein, so funktioniert das Leben einfach nicht. Es ist immerzu ein Auf und Ab, wie Wellen.

man is mortal
that's okay
cuz im with her
she baked cookies
i stole a motorcycle
man is mortal
that's okay
cuz im with her
she will leave me someday
that's okay
cuz im with her now

Ich träume ständig davon, dass Tom oder Finn etwas zustößt.

i am an idiot
i already know that
shut up
shut up

Dabei hast du diese irrationalen Verlustängste doch eigentlich schon längst hinter dir gelassen – das Schicksal hat uns für *ein* Leben mehr als genug gestraft!

Das Leben ist ein unendlicher Strom mehr oder weniger zufälliger Begebenheiten und sich ständig wandelnder Umstände, in die wir einfach hineingeworfen werden.

Weißt du noch, als du als Kind so eine bekloppte Angst vor dem Kotzen entwickelt hast?

Ich dachte immer, wenn ich mich länger mal nicht habe übergeben müssen, dass es sicher bald wieder an der Zeit sei.

Ob das wohl von dem einen Mal ausgelöst wurde, als du zu viel Fleischwurst gegessen und dich im Schlaf eingekotzt hast?

Glückssträhnen machen mir mehr Angst, als dass ich sie genießen kann.

Deiner Erfahrung nach müsste das Leben dich bald mal wieder so richtig runterziehen, nicht?

Ich muss noch lernen, mich mehr vom Leben mitreißen zu lassen und alles, was geschieht, in dem Moment voll und ganz zu erleben, in dem es passiert. Nichts sollte ungeachtet an mir vorüberziehen; allem will ich mich stellen–

Tom wollte nie, dass wir uns hinter ihm verstecken; anderen war das immer ganz recht oder es war ihnen schlicht und einfach egal.

Er wollte, dass ich genauso hochgewachsen vor ihm stehe, wie er vor mir steht.

Ist er unsere zweite Hälfte?

Nein. Wir sind keine Hälfte, wir sind voll von uns selbst und müssen niemanden ergänzen; ein vollkommenes Wesen, das von anderen vollkommenen Wesen lernen kann.

Vollkommen in ihrer Unvollkommenheit, denn Makel haben wir viele.

I hate
every me
in me

sunday sunday

suck pharmacist's thumb
and get high
eat black gummy bear
watch bootleg anime DVD
pee on the dad's grave
steal fishes for baby penguins
draw blind unicorn
decorate a crack pipe
with animal stickers

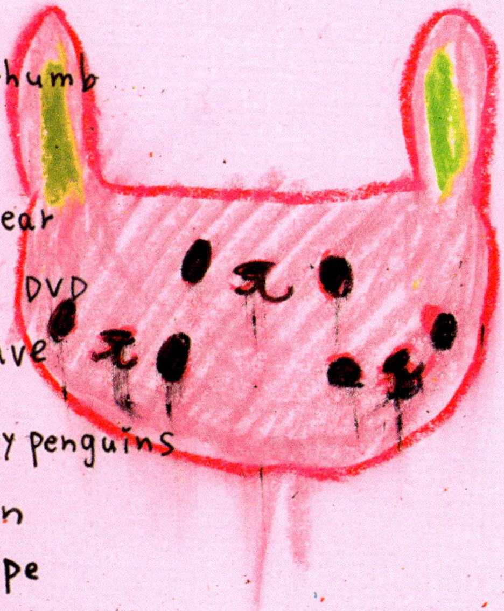

♪ DAT ADAM & NOK from the Future – UFO ♫

Ich hatte damals immer Angst vor Wertung–

–weil in unserer Familie und in der Schule ständig alles bewertet und abgewertet wurde.

Ich wollte nicht mehr offen rauslassen, wer ich bin, weil ich gespürt hab, dass es keinen Anklang finden wird.

Das war dein Fehler, du hättest es trotzdem durchziehen sollen, auch damals schon.

Aber man kann nicht zu jedem Zeitpunkt schon alles wissen – ich muss damit aufhören, mir meine Fehler ewig vorzuhalten.

Wir haben so vieles in unserem Körper kaputtgemacht durch unsere grässliche Ernährung und all die Drogen.

i ruin
i stain
i hurt
everyone

Immer mehr erkenne ich mich als eigene kleine Existenz, die hier ist, um zu lernen – aus ihrer Vergangenheit, für die Gegenwart und eine bessere Zukunft.

Hättest du im Wachstum die Finger von dem ganzen Drogenshit gelassen, wärst du ein gesünderer Mensch mit einem weniger zerstörten Hirn.

Get out of Me
My
feelings

Je mehr ich mich selbst ausfülle, desto wohler fühle ich mich.

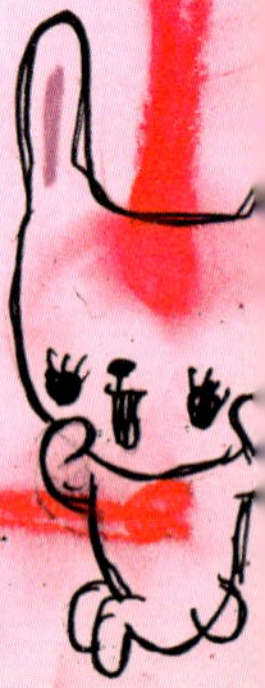

Seit du deine Persönlichkeit mehr einbringst, erfährst du seit Langem mal wieder, wie die Umwelt auf uns reagiert.. Und fühlst du dich nicht allzu oft noch missverstanden, sogar von deinen *Freunden*?

Die Kommunikation wird immer leichter, weil immer weniger Worte notwendig sind; wir verständigen uns über unsere Mimik, Gestik, unsere Augen, über Zeichnungen, Musik ...

Er ist einfach nur ein Mensch.

Aber er berührt mich so, wie niemand sonst es je konnte.

go down a hill
with me
crash into
the porn shop's wall
with me
bleed with me
laugh
with me

Das liegt daran, dass er in derselben Zeit geboren ist wie wir und zu diesem Wesen herangewachsen ist, dessen Zusammenspiel von Erfahrungen und Charaktereigenschaften für dich liebenswert ist (weil sie meinen ähneln, höchstwahrscheinlich).

In ihm lebt diese schillernde Seele,
die nach meiner ruft-

Er spiegelt dir bloß
deine eigenen Schwächen,
wir erkennen uns in ihm!

Manchmal kann ich mein Glück kaum fassen, gleichzeitig mit ihm auf dieser Erde zu sein und ihn auch noch kennengelernt zu haben.

So, so. Du kannst also immer noch nicht allein sein; brauchst ständig jemand anderen, damit du du sein kannst? Ganz schön erbärmlich.

Jeder Mensch braucht doch andere Menschen,
sie sind der Spiegel-

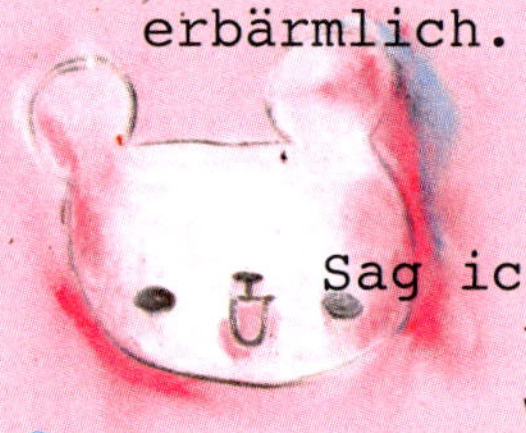

Sag ich doch!-

-der einem hilft, sich selbst besser
wahrzunehmen.

feel so dead!!

Naah~ Wir brauchten noch nie jemanden,
du bist einfach nur weak geworden.

Da gibt es zum einen das Bild, das die Mitmenschen von einem haben, und zum anderen das, das man von sich selbst hat

So, wie man gern wär!

Man bildet sich allzu oft ein, genau das nach außen zu transportieren, was man als Selbstbild in sich trägt – aber dem ist nicht so. Der Alltag ist voll von Missverständnissen und Sprache ist ein wesentlicher Teil von Fehlinterpretationen.

as, was du unbewusst ausstrahlst und von mir zeigst, at so viel mehr Einfluss auf die äußere Wahrnehmung, ls du ahnst.

Man muss sich dem stellen, was man ist, und darauf basierend reflektieren und entscheiden, wer man sein will.

Wer könnten wir sein wollen, in dieser Welt? Was würden wir uns von unseren Mitmenschen wünschen?

Das, was ich mir von ihnen wünschen würde, sollte ich selbst anfangen zu verkörpern. Es ist nicht leicht, sich mit all seinen Macken anzuerkennen; man sollte sich dennoch durchbeißen und mit dem Gedanken trösten, dass nichts bleiben muss, wie es ist.

Erkenne deine Fehler und du kannst sie korrigieren, fürchte dich vor ihnen und du wirst dich ihnen niemals stellen können.

Mit Worten versuche ich meine Welt zu übersetzen, wo Worte nicht ausreichen.

Es ist spät, wenn du nicht langsam schläfst, pennst du morgen bis 14 Uhr, während Tom im Gegensatz zu dir schon wieder tausend Dinge erledigt hat.

Aus Tom fließt den ganzen Tag Kreativität, sie trieft quasi aus all seinen Poren.

Sobald er nur einen Stift in der Hand hält, erschafft er schon Kunst.

Mir fällt es noch so schwer, das, was in mir steckt, rauszulassen.

Vermutlich, weil da gar nicht so viel ist, wie du dir gerne vormachen würdest, du Poser.

All das hier ist jeden Tag aufs Neue wie ein Traum für mich; ja, wirklich so, als wäre ich immer noch in meinem kleinen Wohnheimzimmer, würde auf meinem Bett liegen und mir all das hier nur zusammenträumen.

Vielleicht bist du ja damals gestorben und das hier ist schon das Leben nach dem Tod! :O

Ein nicht endender Traum?

Das wäre die traurigste Geschichte, die ich je gehört habe.

Nein; das hier ist echt, so echt wie mein Körper es ist, so echt wie das Bewusstsein, aus dem du entstehst.

Wärst du noch im Wohnheim, würdest du mich gar nicht zur Kenntnis nehmen, allein deswegen kann es schon nicht sein.

gutter witch geeza

she smokes black tulip petals
in her ferrari
She scratch the sky
and sips its blood
She feeds her bat
blueberry muffin
she cries

♪ Yung Hurn – Rot ♫

Ich hatte dort noch diesen alten DVD-Player, der nie aus war, damit ich niemals auch nur einen kurzen Moment Stille ertragen musste.

Damit du mir nicht zuhören musstest.

Stille bedeutet, Gedanken können fließen.

Und Nachdenken bedeutet Kummer.

Aber die Zeit damals war auch so verträumt, irgendwie~

Voll von Albträumen vielleicht; immerhin bist du oft durch deine Phantasie spaziert und hast die dunklen Ecken in ihr erkundet.

Ich habe Pfade bewandert, die nur wenige je in sich entdecken können ...

Man muss Abzweigungen nehmen, um sie zu finden.

Du liebtest den Dornenwald, du hast dich in ihm geborgen gefühlt, geschützt.. Damals waren wir noch so viel stärker.

Stark waren wir nie wirklich und ich hätte die Dornen nicht mehr viel länger aufrecht erhalten können ... Meine Flamme war nur noch eine schwach lodernde Glut.

I
run
run
run away
run away
from [illegible] life

All das gehörte doch zu dir! Es hat dich als Person ausgemacht, dich zu dem Mädchen gemacht, das du warst. Wie konntest du das nur hinter dir lassen wollen?

run
run
run away
run away
from me

Fast wäre ich erwachsen geworden; hätte ich diese schmerzhafte Prozedur nur noch ein kleines bisschen länger über mich ergehen lassen, hätte ich den optimal angepassten Zustand erreicht und wäre bis zu meinem Tod darin verweilt.

So machen das Menschen, sie finden heraus, wie sie im System am besten funktionieren, und dann bleiben sie dabei. Erinnerst du dich daran, dass du auf keinen Fall zu einem Arzt gehen wolltest, als du erkannt hast, dass du krank bist?

Ich wusste, dass nicht mein Gefühl, sondern meine Umwelt das Problem ist. Medikamente bekämpfen nur die Symptome, nicht die Ursache.

Und Drogen sind ja keine Medikamente, nicht wahr, Miss Doppelmoral? ;-) Du wolltest all das nicht überwinden, weil du Angst davor hattest, das zu verlieren, was dich ausmacht. Du hast es geliebt, schwierig zu sein, voll in deiner Trauer aufzugehen, dich selbst zu bemitleiden und deiner infantilen Aufgesetztheit Ausdruck zu verleihen.

Ich habe meinen Charakter mit meinen Schwächen verwechselt, und das aufzugeben, womit ich mich identifiziert habe, hat mir Angst gemacht.

Denn was bliebe dann noch übrig von dir, nicht?

In dieser Welt nicht als frustriertes Kind aufzuwachsen, ist schwierig, wenn man sensibel und aufmerksam ist ... Aber immerhin wird es mit der Zeit erträglicher, wenn man älter wird und dazulernt.

Erinnere dich an das, was du dir immer wieder vor Augen gehalten hast: Wieso solltest du irgendwelche von Ärzten verschriebene Pillen nehmen, die dich an irgendeine Norm anpassen? Dein Gefühl ist dein Kompass, und der soll verstellt werden, damit du reinpasst? Das ist doch krank, *krank* ist das.

if this was an illness,
if i saw the doctor,
if i took pills,
if my illness got better,
what will happen to me??
what will happen to me??
i hate me so so much
but i dont wanna lose me
im sorry
i dont wanna lose me

Es stimmt, ich lag richtig mit meinem Gefühl, liege es auch heute noch; und dennoch bin ich falsch mit der Situation umgegangen ... Ich hätte nicht darin versinken müssen.

Hättest du es etwa verdrängen sollen? Verdrängung bedeutet nur noch mehr Kummer, das solltest du doch mittlerweile gelernt haben.

Die Tage im Wohnheim waren die erkenntnisreichsten, aber auch die schlimmsten. Sie bestanden zu großen Teilen einfach nur aus Dahinvegetieren–

—sich im Bett wälzen, die eigenen Arme aufschneiden, Fight Club in allen Sprachen auf Repeat durchlaufen lassen, in Selbstmordforen abhängen—

–sich die ganze Woche von einer Packung Haferflocken und einem Glas Apfelmus ernähren und in Selbstmitleid und Misanthropie ertrinken.

Und an den Wochenenden: *Oh bitte, bitte Lucas; kannst du nicht ein bisschen Zeit freischaufeln zwischen Online-Games, Partys mit den Jungs und deinen ständig wechselnden Flirts? Ich bin schon zufrieden, wenn ich einfach nur unbeachtet auf deinem Bett sitzen darf!*

Damals war ich wirklich nicht viel mehr als ein Staubkorn, so klein hab ich mich gemacht. Ich wollte nichts mehr, als geliebt zu werden, und war selbst zu sehr von Angst erfüllt, um wahrhaftig zu lieben.

Was für eine Zeit—

–von nichts außer Selbsthass und Selbstaufopferung erfüllt.

Das, was Momo an uns weitergegeben hat, in uns ausgelöst hat, hat viel zu lange überlebt.

Ich wünschte, er hätte nicht aufgegeben; ich wünschte, ich hätte ihn angefleht, sich nicht zu töten.

Wir haben es nicht zugelassen, dass er im Nichts verschwindet. Seine Tinte ist wasserfest.

Mittlerweile fühlt sich nicht mehr jede Sekunde, die ohne ihn verstreicht, falsch an. Er ist kein Teil dieser Welt mehr, er gehört in eine andere Zeit; in eine Zeit, in der auch wir noch jemand anderes waren.

Jemand, der jeden hat auflaufen lassen; wir haben alle vor den Kopf gestoßen und gleichzeitig so sorgfältig wie nie zuvor unsere Fassade geschützt, du erinnerst dich doch?

Sie war das einzige, was mich zumindest noch ein bisschen vor meiner Umwelt geschützt hat.

help me
but don't touch me
help me
but don't talk to me
help me
please leave me alone

Mach dir nichts vor, du wolltest nicht geschützt werden; du wolltest, dass all dein Schmerz und all deine Zerbrechlichkeit dir ins Gesicht geschrieben stehen.

Ich konnte nicht mal mehr normal duschen gehen, ohne fast ohnmächtig zu werden, so geschwächt war ich.

Aber hat sich doch gut angefühlt, diese Kontrolle zu haben, nicht?

Melancholie steht mir–
zweifellos

–aber selbst, wenn sie irgendwie zu mir gehören sollte, so verzweifelt wie damals will ich niemals wieder sein.

Du hast dafür gebetet, tödlich krank zu werden, weil du nicht stark genug warst, dich selbst umzubringen. Erinnerst du dich?

Ich erinnere mich.

Es war wie damals, als du klein warst und zum Beten auf deinen Schreibtisch geklettert bist. Sitzt da oben in den Wolken wohl jemand, den es interessiert?

Ich habe es geliebt, mich in Kirchen aufzuhalten; ich dachte immer, die Bänke zum Knien (vor den Sitzbänken) sind extra für Kinder gemacht.

Weißt du noch, als du diesen Ring im Kaufhaus geklaut hast und auf der Rückfahrt im Auto immer wieder verstohlene Blicke in den Himmel geworfen hast, aus Angst, Gott könnte dich bestrafen? Welch Ironie, dass du dann irgendwann sogar gebettelt hast, dass er dich straft.

Ich war so müde, müde vom Leben, lebensmüde. Ich saß auf meinem Bett, habe geweint–

[redacted]

unsere Arme weinten auch, nur gestorben sind wir nicht – und krank geworden auch nicht.

rotting inside

bitter bitter memories
bitter bitter life!!

rotting outside

Die Antwoord – Alien ♫

hey god

stab me

with a rainbow

Aber irgendwie bin ich gestorben, in diesem Moment, auf meinem Bett, als ich Gott angefleht habe, mich zu töten.

Wir hatten zumindest unsere vollkommene Isolation und Einsamkeit anerkannt und offiziell aufgegeben. Manchmal frage ich mich, ob diese von dir herbeigeflehte Krankheit uns irgendwann doch noch erwischt.

Ich habe das, was ich war, abgestreift und seitdem – ganz langsam und vorsichtig – lasse ich mich Stück für Stück die sein, die ich von innen heraus bin. Ich habe mich verpuppt, und noch kann ich nicht ganz raus.

Die Pia von damals werden alle, die sie kannten, nun vergeblich suchen.

Ich will einfach mehr im *Jetzt* leben, die Welt verstehen und einen positiven Einfluss auf sie haben.

Dann mach das doch endlich mal
(und hör auf, dumm rumzulabern).

Das kann ich aber nicht, wenn ich weiterhin für alle Menschen in meinem Umfeld versuche die zu sein, die sie haben wollen, und im Umkehrschluss vernachlässige, wer ich wirklich bin.

Eisprinzessin, du bist vielleicht aus dem Dornenwald raus, aber hast ihn gegen einen Palast der Kälte eingetauscht. Hör auf, mich wegzusperren, und tau endlich auf!

Es ging nie wirklich darum, nicht gesehen zu werden, sondern darum, dass sie nicht gesehen haben, dass ich sie sehe. Erwachsene denken, Kinder kriegen nichts mit.

Die Erwachsenen in deinem Leben haben einfach nur schnell gemerkt, dass du eine Last und ein Problem für jeden bist, an den du dich bindest (und haben sich deshalb schnell rar gemacht). Für Lebewesen wie dich ist es besser, zu verschwinden. Ein sauberer Abgang, ganz so, als wärst du nie wirklich da gewesen – denn in erster Linie hättest du auch nie wirklich da sein sollen.

I'm ready for whatever life throws at me
because I found a family.

Hahaha~ stfu. Im Herzen ist jeder alleine.

Selbst dann kann ich immer noch mein eigener Freund sein. Ich fürchte mich nicht mehr vor negativen Erfahrungen, weil ich weiß, dass ich an ihnen wachsen kann.

Vergiss nicht, auch ein bisschen mit dem Teufel zu tanzen. Geld regiert die Welt! Wenn ihr unter euch seid, befindest du dich vielleicht in dieser perfekten, harmonischen Blase, in der gesellschaftliche Zwänge und Regeln keinen Platz haben; aber in der echten Welt muss man Steuern zahlen und Lebensmittel einkaufen! ;<

Es ist doch eigentlich so offensichtlich, dass man einfach nur man selbst sein muss, um Gleichgesinnte zu finden–

wieso tut man sich dann so schwer damit, genau das zu sein?

Alles ist eine Bereicherung, wenn man es nur zulässt, nicht?

?

Bisher hat mir das Leben immer bloß Angst gemacht, mich erdrückt; mittlerweile kann ich immerhin auf fast zwei Jahrzehnte zurückblicken und erkenne, wie mich all das Schlechte auch zum Guten geführt hat. Ich habe mir selbst stets vorgemacht, alles um mich herum zu verstehen und die Kontrolle zu haben, weshalb ich, glaube ich, oft missverstanden wurde, dabei war ich einfach nur lost, wenn ich's euch doch schwör.

Du bist nicht verloren, du bist lediglich ein weinerliches Gör – arrogant und unreflektiert noch dazu; hihi!

Um eines gleich zu Beginn festzuhalten:
Beginn von was?

Ich habe keine Ahnung, was ich hier überhaupt tue; dieses Leben ist mir ein Rätsel. Ich kam mit dem unglaublich naiven Glauben aus der Schule, dass ich gut auf das Leben vorbereitet sei–

but nope. Weder wusstest du mit deinen süßen 16 irgendwas Reales und Sinnvolles über unsere Umgebung, noch wusstest du, wie du in ihr überleben solltest.

Kinder überschätzen sich immer, oder? Sie sind in ihrer unschuldigen Naivität mutig, einfach nur, weil sie neugierig sind. Wann stirbt diese Neugier? Wie viele Jahre Schule sind nötig, um ein Kind zu brechen?

Das geht recht schnell, zwei Jahre auf dem Gymnasium mit striktem Lehrplan (ohne Bezug zum aktuellen Leben) und unzufriedenen Lehrern können da schon ausreichen.

there is you
there is me
i should be glad
but i'm sad
i dont know why

32

i'm sad because my sadness is
not sadness

this ugly shit is not sadness
this selfish shit is not sadness
i'm sad and i hate me

Ich war anfangs so verwundert darüber, wie selbstverständlich Tom davon sprach, dass er das Gymnasium nach der 10. abgebrochen und sich erst mal zurückgezogen hatte, um sich in Ruhe orientieren zu können.

Dieses Mutige und Planlose an der Tatsache hat uns nur deshalb so fasziniert, weil wir selbst uns zwar auch nie in diesem lückenlosen Plan gesehen haben, aber deswegen immer 'ne Scheißangst hatten.

it's nobody's fault

Ich wollte kein Teil dieser Gesellschaft sein, aber außerhalb von diesen Regeln konnte ich ebenso keine Existenz von mir sehen. Ich dachte immer, dass ich die einzige sei, die so fühlt; wahrscheinlich nur, weil ich mich kaum wirklich mit anderen ausgetauscht hab.

Hör doch auf, du hast oft genug versucht, dich mit anderen abzugleichen, irgendwann hast du bloß gemerkt, dass es niemanden um dich herum gibt, der dich wirklich versteht – nur deshalb dachtest du, du wärst die Einzige. Sie haben nicht durchgemacht, was wir durchmachen mussten.

Damals schien jeder, den ich kannte, glücklich in diesem Konstrukt zu sein, und viele von meinen Bekannten haben heute genau das Leben, was sie sich auch schon als Kinder so erträumt haben.

♪ Die Antwoord – Darkling ♫

So i'm sad.

Oder denken sie nur, dass das schon immer ihre Träume waren, und eigentlich wurden sie ihnen von ihrer Umwelt eingetrichtert? Wenn du Jahre damit verbringst, einen falschen Weg zu gehen, fällt dir das Umkehren mit jedem Jahr schwerer. All diese verschwendete Zeit – als würde man sich das einfach so eingestehen wollen!

Es hat mich nie erfüllt, dieses durchgeplante Leben.

Kindergarten, Schule, Studium, Job, Hochzeit, Haus, Kinder – alles in der richtigen Reihenfolge, ohne irgendwelche Ausrutscher oder aufgeschürfte Knie.

Ich hatte als Kind immer aufgeschürfte Knie ...

und blaue Flecken.

fuck you

i'm doing emptiness

"why do you not laugh??"
"why do you not talk??"
"why are you always alone??"
"why can you [redacted] not do this??"
"why [redacted] are you alive??"

だいっきらいだよ みんなのことが。

because i'm me.
so fuck you
fuck you all
shut up and shut up
get married and buy a house
buy a car raise kids
enjoy your life and die.
go to heaven and shut up

♪ bladee - Into Dust ♫

Mein Erwachsenwerden fühlt sich nicht weniger aufreibend und chaotisch an als meine Kindheit.

Wenn dieser Standardplan aber für manche Leute genau das ist, was sie erfüllt? Wenn sie darin aufgehen und es für sie die richtigen Entscheidungen sind?

Dann bin ich einfach nur froh, dass sie so leben können; aber nachempfinden kann ich es absolut nicht – denn wo findet in diesem Zeitstrahl irgendeine Orientierung statt? Ich wäre eingegangen wie eine Topfpflanze hinter heruntergelassenen Jalousien.

Genau das wären wir fast, ja. Sind wir doch mal ehrlich: Selbst wenn man sich alles momentan verfügbare Wissen aneigenet, das die Menschheit als Ganzes bisher angesammelt hat, super aufgeklärt und informiert ist, moralisch korrekt und mit sich selbst im Reinen.. Man hätte immer noch keinen blassen Schimmer, was hier überhaupt abgeht.

Und das sollte uns endlich wieder bewusst werden, oder nicht?

Ich hab gut reden, hab auch erst gefühlt vorgestern genug Platz in meinem Kopf schaffen können, um alles zu hinterfragen. Man schließt ja nicht von sich auf andere, weil man ein Arschloch ist, sondern weil man es einfach nur nicht besser weiß.

Die ganz persönliche Wahrheit ist *natürlich* auch die der ganzen Welt – so muss es ja sein, wenn man seinen eigenen Kosmos noch nie so wirklich mit dem von anderen abgeglichen hat ... Man berührt sich vielleicht mal am äußersten Punkt, dringt eventuell auch etwas tiefer vor ... Aber vielleicht stößt man auf etwas Abschreckendes und ist dem nicht gewachsen..

Wendet sich ab ...

Zieht sich wieder zurück.

Wieso muss alles so kompliziert sein? Um mich herum ist immer noch alles schwarz, aber ich muss versuchen, den freien Fall zu genießen.

unwanted
unwanted
unwanted

Aber dir wurde doch ein Geldgeschenk gemacht, was alles so herrlich leicht machen könnte! Mehrere tausend Euro; viel, wenn man bisher von ein paar hundert Euro im Monat gelebt hat; wenig, wenn man sich entschließt, mit seinen Freunden nach Tokyo abzuhauen. Selbst schuld.

Mein bester Freund Finn jobbt in einem Ramenrestaurant; für die Schüler aus der Gegend ist der Laden sogar zu einer Art Treffpunkt geworden.

Weil Finn es wie kein anderer vermag, die Aufmerksamkeit aller auf sich zu ziehen und sie zu unterhalten. Sein Bruder Tom ist das komplette Gegenteil und schläft gerade wie ein Baby, siehst du?.

Im not happy
but fuck sad shit
I still cant say "im happy"
but fuck sad shit
I still want to be happy
so fuck sad shit
and fuck you all
microwave my barf and
sip it in the hot summer day

♪ KOHH - 飛行機 ♫

Im Wachzustand erschafft er Musik, die mich berührt wie sonst nichts auf der Welt, und schafft es tatsächlich, sich–

beziehungsweise *uns*

–mit der Unterstützung derer, die seine Expression schätzen, zu finanzieren.

Och mensch, Pia! Das sind die Abenteuer von Tom Sawyer und Huckleberry Finn, da bist du lediglich ein Fremdkörper und solltest dich verpissen lol

Das Internet schafft eine Vernetzung, durch die man einem alleinstehenden Herren in Paris ein bisschen Kleingeld überweisen kann–

this place sucks
because there is me

Damit dieser seine Zeit weiterhin seiner Malerei widmen kann.

Oder man bestellt Strickwaren bei einer freundlichen Oma in Australien, um ein liebevoll hergestelltes Unikat zu besitzen.

Ja genau, bestell erst mal ganz gediegen dein Zeug im Ausland, damit durch den Transportweg noch mal so richtig schön die Umwelt gefickt wird.

Ich bin so fasziniert von der Entwicklung, dass die Menschen sich gegen Großkonzerne auflehnen, indem sie sich gegenseitig auf persönlicher Ebene unterstützen. Die Produkte und Waren, die auf diesem freien Markt ausgetauscht werden, stecken so voller Liebe, wie eine Massenproduktion es nur schwer simulieren kann.

Eigentlich gar nicht.

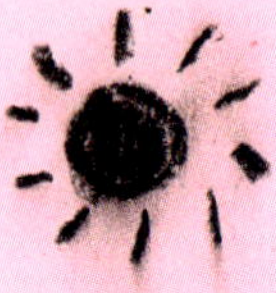

Auf so einem Weg könnte ich irgendwann auch mal Geld verdienen. Vielleicht gefallen irgendjemandem da draußen ja meine Bilder.

Wenigstens konnten wir das Geldgeschenk zu dem gemeinsamen Konto beitragen.

Und die Ersparnisse.

i am waiting
it is disgusting
it is so disgusting
so so disgusting

Nur weil ihr alles teilt, kannst du es dir gerade leisten, zu existieren.

Alle für einen und einer für alle. Ich werde bald eine Sprachschule besuchen, um Japanisch zu lernen, wer weiß, wozu mir das noch nützlich sein kann! Momentan geht es mir hauptsächlich darum, die Dinge zu tun, die ich immer aufgeschoben habe.

Wo willst du da anfangen? Die Liste ist endlos lang: Allgemeinwissen, Fachwissen, Persönlichkeit, Talent, Skill – soll ich noch weitermachen? Das hast du alles nicht!

Ich traue mich einfach noch nicht, meine Zeichnungen zu teilen, auch wenn Malerei das ist, was mich wirklich erfüllt.

Das denkst du nur, weil das das Einzige ist, was du überhaupt mal wirklich gemacht hast.

Ich habe Angst vor Verurteilung, Angst vor den bohrenden Blicken der anderen; habe Angst, mich zu zeigen.

Du bist halt irgendwie nichts Besonderes, aber das ist ja Geschmackssache.

Menschen sind so schnell im Verurteilen, aber die wenigsten kennen die Perspektive des Schaffens.

insecurity

Bevor *du* etwas erschaffst, friert die Hölle ein.

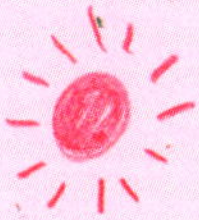

Ich bin einfach noch nicht so weit.

Du bist schlecht, that's all! Du kannst dich da draußen mit nichts, was du vorzuweisen hast, blicken lassen, ohne dich in Grund und Boden zu schämen (das solltest du in solch einem Fall zumindest, denn tbh: Du löst Fremdscham aus)

♪ DAT ADAM – S/O ♫

Ich muss mehr üben; um besser zu werden, gehört es dazu, sich zusammenzureißen und zu machen – einfach zu machen! Tom sagt oft, man sei nie gut genug für das eigene Empfinden.

Es braucht Jahre, bis man seinen eigenen Vorstellungen auch nur ansatzweise gerecht werden kann.. Gib lieber gleich auf.

So oder so bin ich noch nicht bereit.

Du musst bereit sein, ihr müsst noch viel mehr Geld verdienen als momentan; das Kleingeld, was du irgendwann mal mit deiner Kunst einnehmen wirst, wird auch niemals reichen, um euch im Alter noch zu finanzieren.

shit, i'm tired
but i don't remember what i did
i think i tried
but i don't remember what i did
fuck my days
fuck my life

Lieber gehe ich das Risiko ein, als meine besten Jahre zu verschwenden.

Du bist unverantwortlich, die Zeit rinnt dir durch die Finger und du blendest es einfach aus. Du bleibst nicht ewig jung, weißt du?

Ich schätze, ich habe bereits ein Fünftel meines Lebens hinter mir; ich bin recht optimistisch, was mein Altern angeht, weil meine Uroma auch weit über neunzig noch sehr fit war. Am Ende baute sie stark ab und litt an Amnesie.

Weißt du noch, als Oma dich während eines Besuchs 6 Mal fragte, was du so in den Ferien vorhast?

Ich hab überhaupt nicht verstehen können, was plötzlich mit ihr los war.

Sobald wir angefangen haben, über etwas zu reden, hatte sie es wieder vergessen und musste erneut nachfragen; wir haben uns die ganze Zeit über an höchstens dr3i Themen aufgehalten.

Aber ich glaube, sie war glücklich, am Ende ihres Lebens. Sie war bis zum Schluss quicklebendig und konnte sich mit Gleichaltrigen austauschen.

Dann starb sie.
Und wäre sie glücklich gewesen,
hätte ihr Hirn nicht so reagiert.

Ich war neun Jahre alt und der Verlust traf mich hart. In diesem Alter habe ich vieles verloren ...

Unseren Respekt vor Erwachsenen zum Beispiel. Erinnerst du dich, wie der Schlag dich so unerwartet am Rücken erwischt hat? Du bist nach vorn gestolpert, fast schon geflogen, und musstest nach Luft ringen.

Es hat mir einen gewaltigen Schrecken eingejagt und ich konnte das Ausmaß an Respektlosigkeit in dem Moment überhaupt nicht fassen.

Ja, du hast tatsächlich vieles im Alter von 9 Jahren verloren, nicht nur deine letzten Milchzähne. An wie viel wir uns wohl nicht mehr erinnern?

Oma war besonders für mich, ich hatte irgendwie das Gefühl, sie sah mich als das, was ich wirklich war.

Immer wenn der Milchmann kam, hat sie uns eine Dose Coca-Cola und Hubba-Bubba-Kaugummi gekauft, erinnerst du dich?

Und wenn ich Mist gebaut habe, hat sie dichtgehalten und sich mit mir zusammen über das erlebte Abenteuer gefreut.

Bei ihr durftest du immer fernsehen und sie hatte die besten Süßigkeiten auf dem Tisch stehen.

In diesem hübschen Glasschälchen.

Erinnerst du dich an das große Ölgemälde über dem Sofa, in dem dicken, goldenen Rahmen?

Eine Landschaft war dort abgebildet, ich habe es unzählige Male betrachtet, wenn wir uns zum Mittagsschlaf gemeinsam auf die Couch gelegt haben.

found a [redacted]
hamster's skull
in the abandoned house
i'm not sad
he ate a strawberry
before dying
he was happy
so im not sad

Ihre Wohnung hatte diese kleinen Details und Gegenstände, die wir nur allzu gern erkundet und unter die Lupe genommen haben.

Sie hat einen auch einfach alles ausprobieren lassen, es hat sie überhaupt nicht gestört, wenn dabei mal was zu Bruch ging.

Woher konnte sie nur diese Ruhe nehmen? Niemand, den wir sonst kannten, hatte diese Ruhe.

Sie war die einzige, die mich kannte.

Und dann ist sie einfach so weggestorben und niemand kannte dich noch.

Das Zerbrechen meiner Familie und all die Intrigen, Missverständnisse und Streits, die sich drumherum abspielten, haben etwas mit mir gemacht.

Alle redeten immer davon, wie gut wir damit umgehen würden.

... Dabei hat sich niemand die Mühe gemacht, überhaupt wirklich hinzusehen.

Sie waren viel zu beschäftigt damit, euch zuliebe einen schönen Schein zu wahren. *Ist doch alles toll, ist doch alles supi!* Kinder sind nicht dumm, nur weil sie jung sind. Nur weil man nicht über etwas redet, wird es dadurch nicht weniger existent.

Und das riesige Monster, das über unserer Familie schwebte, habe ich mein ganzes Leben über wahrgenommen. Ich wusste immer, dass ich im Herzen allein war, und wollte anderen nur noch das zeigen, was sie von mir erwarteten. Ihre aufgebauten Fassaden sollten sich für sie bezahlt machen, ich wollte, dass sie das Gefühl hatten, dass es funktionierte; deshalb wurde ihr Schauspiel auch zu meinem Schauspiel.

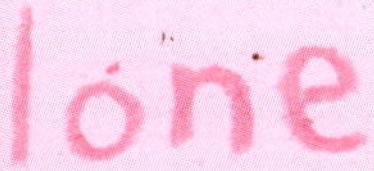

Blablabla. Du hast ein ganz trauriges Schicksal, so wie alle, aber wen interessiert's? ..langweilig.

Ich wünschte, ich könnte alles, was ich erlebt habe, und alles, was ich bin, mit einem Zauberstab aus meinem Kopf ziehen, in ein Fläschchen füllen und verkorken. Dann wäre ich frei.

Dann wärst du nicht mehr als eine leere Hülle, Hermine Weirdo. Wozu in so einem Zustand überhaupt noch weiterleben?

Meine Defizite und die Wunden, die mir in der Vergangenheit zugefügt wurden, begleiten mich jeden Tag.

Sie steuern deine Gegenwart und beeinflussen deine Zukunft.

All meine Erfahrungen sind schwere Lasten auf meinen Schultern, wie ein schwarzes Tier, was sich in mein Herz gefressen hat.

Ich sehe überhaupt nicht aus wie ein Tier – eher wie eine Blume! Schwarz vielleicht ein bisschen; außer wenn ich sauer werde, dann werde ich weißer als das Nichts.

Das Nichts müsste doch schwarz sein? Ich stelle es mir als die Abwesenheit von Licht vor – auch wenn man es sich natürlich eigentlich überhaupt nicht vorstellen kann, sonst wäre es ja etwas; ein Nichts ist nur deshalb nichts, weil es nichts ist.

Wenn ich wütend werde, bin ich weiß wie Schnee, passend zu deinen blutigen Armen; tropf, tropf.. es sieht hübsch aus, wenn der knirschende Puderschnee von warmem Rot benetzt wird.

Alles, was ich bin, ist ein Schleier, der meine Kommunikation und Wahrnehmung beeinflusst; jeder von uns lebt in seiner ganz individuellen Realität und zu viele glauben, dass ihre Realität auch die aller anderen sei.

Scheiß auf die anderen,
Menschen sind Abschaum.

when i was born, i was me
when i was a kid, i was me
i got old, i'm still me
life is cold
world is cold
so what??

Gedankenströme werden von Emotionen geleitet ... Ich muss meine negativen Gefühle besser kontrollieren lernen, sie nicht länger von dir beeinflussen lassen ...

i'm not trembling
i'm not shivering
i'm just
hugging
myself
and
hating
myself
everything's
my fault
so fuck you
leave me alone
i can't quit
being me.

Das wirst du nicht schaffen, deinen Kopf kannst du nicht abstellen, niemals; und wenn du Gefühle unterdrückst, werden sie dich irgendwann auffressen.

Ich muss Vergangenes endlich hinter mir lassen, es als gegeben hinnehmen, es akzeptieren und daraus lernen ... damit abschließen. Wenn ich es schaffe, meine Gefühle anzuerkennen und sie auszudrücken, ohne andere mit hineinzuziehen, dann kann ich sie in etwas Positives umwandeln.

overthink
empty
allday, everyday
i'm me
doing
empty
so so
empty

Du solltest endlich schlafen, ein Gedanke führt zum nächsten und deine Augenränder werden mit jeder durchwachten Nacht deutlicher sichtbar. Deine Haut ist beinahe durchsichtig, du siehst fahl und leblos aus. Das haben dir doch schon immer alle gesagt, auch als du klein warst: *Du siehst ungesund aus!* Wieso machst du nichts dagegen?

Ich verstehe immer noch nicht so wirklich, wie mein Körper funktioniert. Ich meine, irgendwie sind er und ich vor Kurzem erst Freunde geworden, und ich beobachte zum ersten Mal seit meiner Kindheit, wie er auf was reagiert. Ich war viel zu lange viel zu achtlos, was das angeht, niemand außer mir selbst trägt die Verantwortung dafür.

Erinnerst du dich, wie Mama uns auf dem Spielplatz vorm Hochhaus angeschaukelt hat, als wir klein waren? Du hast immer gespürt, dass sie lieber woanders wäre. Sie hat ihr Leben für dich aufgegeben, aber sie war nicht bereit dazu.

Meine Gefühle haben mich noch nie betrogen. Ich muss weiterhin auf sie vertrauen und sie zulassen, ich darf sie bloß nicht von meinem Verstand falsch interpretieren lassen – ich tendiere nämlich dazu, schwarzzumalen.

Das ist kein Schwarzmalen, das ist realistisches Denken! Ich helfe dir, deine Eindrücke zu einem Gesamtbild zu verarbeiten. (Deine neue Frisur unterstreicht übrigens deine kränkliche Erscheinung, sieht kacke aus.)

Ich habe das Gefühl, ich kann es niemals allen recht machen.

swing back and forth
fuck everybody
i want to be loved
swing back and forth

leave me alone
stay here with me
swing back and forth
swing back and forth
i want to die
i want to live

I was there
nobody was happy
i am here
nobody is happy

Falsch, du kannst es niemandem überhaupt recht machen.

ha ha ha ha

Aber sollte ich es nicht eigentlich sowieso nur mir recht machen? Ich bin mit so viel Wut und in Isolation aufgewachsen; alles, was mich umgab, habe ich aufgesaugt wie ein Schwamm.

Die ersten Lebensjahre sind prägend für den Rest des Lebens, die Realität, die uns dort vorgelebt wurde, ist nun unsere Realität.

Woraus besteht also meine Realität?

im so happy i'm not you
i'm not happy i am me

Aus Lügen, Verlust, Wut, Angst, Oberflächlichkeit, Fassaden, Konsum und dem Ego.

Ich hatte niemanden, mit dem ich mich wirklich ausgetauscht habe, ich habe immer nur dargestellt, was mein Gegenüber in mir sehen wollte.

Wie oft willst du das noch durchkauen, langweilst du dich nicht selbst? Komm drüber hinweg, ist ja peinlich.

Ich durchschaue Menschen schnell, ich wusste immer, wer ich für sie sein musste, also war ich diese Person, bloß um nicht allein sein zu müssen.

Wenigstens konntest du sogar für deinen Vater jemand sein, wenn er mit dir angeben konnte.. Oder für Opi, wenn ihr Doktor gespielt habt.

Da muss ich irgendwas falsch abgespeichert haben, so was ist nie passiert.

Wieso kommt es dann immer wieder hoch, wenn du gräbst?

Als wir noch eine Familie waren, hab ich so gern mit Papa gespielt, wir haben die tollsten Dinge gemacht! Im Sandkasten nach Katzengold gegraben, die Sofas zusammengeschoben und Boot gespielt, Lego gebaut ...

Er war bloß süchtig nach deinem Licht, weil er seines verloren hatte. Du warst die Tochter, die man vorzeigen konnte; immer nur interessant, wenn sie einen Erfolg zu verzeichnen hatte. Aber war er bei einer deiner Aufführungen? Erinnere dich.

Ich sollte wieder anfangen, Ballett zu tanzen. Auf jeden Fall muss ich mich bewegen; ich vermisse dieses Gefühl von Vitalität und Freiheit. Mein Körper ist so eingerostet.

Tu dir den Gefallen und scheiß drauf, wenn du deine Zeit doch genauso gut nutzen kannst, um dich zu betäuben oder zu zeichnen! Alles, was du brauchst, sind ich und deine Hände. Du bist eh zu unbeholfen, niemand wollte je sehen, wie du tanzt, genauso wie niemand je sehen wollte, wie du schauspielerst. (Nicht mal du selbst.) Erinnerst du dich?

Meine Mutter ist zu meinen Aufführungen gekommen. Zuneigung durch Gesten zeigen – ich glaube, wir sind uns sehr ähnlich.

Natürlich, sie hat dich schließlich großgezogen und war jahrelang die einzige, die sich um dich gekümmert hat.

Ich liebe sie. Immer, wenn ich meine Zeigefinger sehe,
muss ich an sie denken.

Sie hat sich beim Abendbrot immer
ihre Hände vors Gesicht gehalten,
wenn sie wieder in ihrem Ärger über
die Arbeit versunken ist.

Sie war nicht glücklich, du wusstest das … Du hast
immer ihre innere Flamme gesehen und sie verehrt.

Sie war wie eine verloren gegangene
Fee in dieser dunklen Welt.

Unerreichbar und wundervoll,
leuchtend, aber verschlossen.

Und so viel ungenutztes Potential; ein Vogel,
der sich in den Käfig hat einsperren lassen.
Nun sind ihre Flügel gestutzt und sie ist
schwerfälliger als jemals zuvor.

Ich bin mir sicher, auch jetzt könnte sie noch alles erreichen, wenn sie wollte. Alles ist eine Entscheidung.

Und die Entscheidungen für dich treffe ich.

Ich kann mich entscheiden, glücklich zu sein, dankbar zu sein, zu lieben … Und alles, was mich runterzieht, loszulassen. Das geht ganz bestimmt und es ändert alles.

Aus deiner Haut kommst du nicht raus.

Ich bin nicht meine Haut.

Okay, dann bist du eben deine Ästhetik, deine Gedanken, dein Charakter, deine Erfahrungen..

All das bin ich aber eigentlich auch nicht wirklich ... Das bist du.

Ich also. Und was bist dann du, hm? Was?

Ich weiß nicht ... Alles, irgendwie.

Du denkst wirres Zeug – bist wohl endgültig auf den Drogen hängengeblieben. Was sollen Leute über uns denken, die nur oberflächliches Wissen über solche Substanzen und ihre Konsumenten haben? Was denkt unsere Familie? Dass wir ein Junkie sind und bald anschaffen gehen müssen, wahrscheinlich.

Was andere denken, kann man nicht kontrollieren;

Gefühle sollten mich leiten, aber niemals blockieren.

Wieso gibst du dir überhaupt so viel Mühe, all diese Scheiße zu überdenken und dir erklären zu wollen? Für wen machst du das – hältst du dich wirklich für so wichtig, dass deine Gedanken und Gefühle irgendeine Relevanz hätten?

Natürlich ist all das relevant, von jedem Lebewesen gleichermaßen, wir alle haben den aktuellen Zeitgeist in uns. Wenn ich mich selbst verstehen lerne, kann ich auch andere besser verstehen. Vielleicht sogar die ganze Welt.

im with her . yea im with her
we are sitting on the bed
she's touching her own lips
im smelling a rubber bat's tummy
we are not talking
i want to record this silence
on cassette tape
and hear it before i sleep
im with her yea i love her

Bewirb dich doch einfach bei 'ner Reality-Show und lass alle an deinen alltäglichen Belanglosigkeiten teilhaben. Du solltest dich nur durch Operationen an gängige Schönheitsideale anpassen und irgendwelchen Schrott auf den Markt bringen, den kein Mensch braucht – dann verdienst du viel Geld, hast einen Lifestyle, den der Pöbel interessant findet, bekommst durch deine Protzerei Reichweite und wirst einflussreich. Dafür braucht man kein Talent oder eine Vision, du musst bloß deine Seele verkaufen und ignorant deinen Weg gehen. Money, money, money!

Ich bin einfach alles, von dem ich ausgehen kann; ich lerne viel daraus, mich selbst zu analysieren.

Ich dachte, du kannst nicht von dir auf andere schließen und deine Wahrheit ist nicht die von allen, du kleine Seele?

Nein, nein. Es stimmt: Wenn ich mir selbst gegenüber nachsichtiger und offener werde, kann ich auch meine Empathie anderen Lebewesen gegenüber verbessern.

Mach dir nichts vor, die Wut, die du in dir trägst, wird weiter lodern, dass du das verdrängst, ändert gar nichts. Sie wurde über Generationen hinweg an dich weitergegeben, wahrscheinlich steckt sie sogar schon in deiner DNA. Generation über Generation.. Tradition, unerfüllte Träume, Kriege, Verluste, Ängste, verletzte Egos und verhärtete Fronten. Das ist die vererbte Realität.

Die Realität, in die ich hineingeboren wurde, muss nicht meine Realität bleiben; ich kann im *Hier* und *Jetzt* existieren und losgelöst von allen Fesseln meinen Weg gehen. Jeder Mensch hat seine Probleme, die er überwinden muss.

hahaha~ eigentlich geht's den meisten Menschen fucking fantastisch, du gehörst zu einer Minderheit an verkorksten Psychos und willst dir das gerade schönreden. Für *normale* Menschen bist du einfach nur eine verlorene Existenz, komplett Hängengebliebene finden dich eventuell noch inspirierend. *so deep, wow.*

Der Frust gewinnt wieder Überhand.

things are getting worse
i don't know what to do

eat crayons

puke up rainbow

destroy the humanrace

be a cat

meow meow meow

♪ KOHH - 社交 ♫

Das mit der Reality-Show könntest du übrigens wirklich in Betracht ziehen, vielleicht wirst du sogar richtig fame; *„Meine Tochter ist auf riesigen Plakaten, ich bin so stolz auf sie!"* Wenn man solche ‚Achievements' aus der Sicht der Öffentlichkeit betrachtet, sieht das tatsächlich immer nach einer krassen Leistung aus. Dass all diese Dinge für die Allgemeinheit überhaupt nicht und für reiche oder reichweitenstarke Menschen viel zu easy zu erreichen sind, erkennen nur die wenigsten. Mit Geld und Reichweite öffnen sich ganz von selbst alle möglichen Türen.

Dieses Konzept, dass es einige wenige Stars gibt, funktioniert auch nur, indem andere darunter leiden und zu ihnen aufblicken.

Aber du wärst ein guter Star, du bist doch so viel besser als alle anderen, findest du nicht? ^.~

Mit jedem Tag, den ich in dieser Gesellschaft verbringe, wird sie mir ein bisschen fremder.

Die Massen sind blinde Roboter, die sich selbst freiwillig in einer Matrix aufhalten, weil sie sich vor der Eigenverantwortung drücken. Ihres eigenen Gehirns unwürdig sind diese Gestalten, nichts weiter.

Wir müssen viel mehr Verständnis füreinander aufbringen und uns für unsere Unterschiede schätzen lernen. Genau das würde uns als Gemeinschaft stark machen, stattdessen sind wir auf dem Egotrip und vergessen, dass wir einander helfen müssen. Jeder Krieg ist ein innerer Kampf, weil alles Leben zusammengehört.

Oder ey, hast du mal überlegt, als so 'ne Astrotante im Fernsehen anzufangen? Da verdient man bestimmt auch nicht schlecht, wenn man den verblendeten, alten Leuten so 'nen Scheiß vorsäuselt. Die wollen doch eh verarscht werden, legen es so richtig drauf an.

Mein Gedankenpalast ist mittlerweile neblig, meistens wirklich nur neblig, und ab und an kommt etwas zum Vorschein; eine Idee, eine Eingebung … entweder ich folge ihr ein bisschen, spinne sie weiter, oder ich lasse sie vorbeiziehen.

„Die Sterne stehen gut für das Sternzeichen Zwilling, halten Sie nach Stieren Ausschau – sie können ein Feuer kosmischer Energie in Ihnen entfachen! Und jetzt: Rufen Sie sofort an und geben Sie mir all Ihr Geld!"

me and my unimportant life
this is mine
fuck yours
this is mine

Nur wenn ich mich auf die Gegenwart konzentriere und alle sonstigen Verwickelungen meiner Person ausblende, kann ich wirklich kreativ sein und bewusst den Moment leben. Der einzige Moment, der wirklich existiert, ist *jetzt* und genau *jetzt* entscheide ich mich dazu, meine Zeit *dir* zu widmen.

Wie großzügig von dir~ *ommmm!*

Du bist die Verkörperung meines Egos, nichts weiter.

Was für eine Erkenntnis!
Und du bist nur ein leises
Stimmchen, nichts weiter.

Shut up
Shut up
i know it
i know it

Ich bin alles.

i know me than you
so shut up
shut up
i hate you

Zum Glück wissen deine Eltern nicht, wo du steckst. Die würden dich bestimmt zwangseinweisen lassen.. Vermutlich sind sie aber auch froh, dass sie dich los sind. Aus den Augen, aus dem Sinn! Ohne dich und mit ihren neuen Familien sind sie eh besser dran.

Ich bin froh, wenn sie glücklich sind; ich bin es auch.

Du bist so erleuchtet, Pia, wow! Wie weit du es gebracht hast, ist so faszinierend.. Wieso hast du immer noch keinen Blog erstellt, um alle an deiner Weisheit teilhaben zu lassen? Vielleicht könntest du dich sogar zum neuen weiblichen Jesus hocharbeiten – passt doch super in die heutige Zeit, mit all den Sexismus-Diskussionen. Das wäre eine Revolution für die katholische Kirche, und du wärst endlich der Star, der du zu sein geboren wurdest!

Ich habe nichts weiter als Verachtung für diese Starkultur übrig.

Verachtung also – das passt aber so gar nicht zu einem shiny unicorn wie dir.

Stars sind die heutigen Götter und unsere Religionen sind nur simple Erklärungsversuche von primitiven Menschen; vieles davon erübrigt sich durch unsere Wissenschaft – wenn man heutzutage noch blind den gängigen Religionen folgt, ist man meiner Meinung nach einfach nur blockiert und hat einen winzigen Horizont.

Wenn das dein Vater hören könnte.. Er betet doch jeden Abend für dich, remember? Und von Gebeten hast du so viel mehr als von einem sich kümmernden Elternteil – hahaha.

Religionen sind aus Geschichten entstanden. Geschichten, die Moral enthalten sollten. Menschen haben sie sich erzählt, über Generationen hinweg haben sie sich weitergetragen, wurden ergänzt, verändert, vergessen, ...

Oftmals waren sie auch nichts weiter als Machtinstrumente, die einzelne Menschen sich zu Nutze gemacht haben, um andere zu beherrschen.

Und heute gibt es immer noch Leute, die ihre Existenz auf diesen Geschichten begründen, um irgendeinen Halt zu haben; wahrscheinlich aus Angst, sich dem Fakt zu stellen, dass wir auf uns selbst gestellt sind und die Antwort in uns liegt.

Es ist so viel einfacher, an einen Schöpfervater zu glauben und an simple Regeln, die man bloß immer brav befolgen muss, um Zugang zum Paradies zu bekommen..

So viel einfacher als hinzusehen, wer man denn wirklich ist, *hier* und *jetzt*; in der Wirklichkeit, in dieser Zeit, mit den heutigen wissenschaftlichen Erkenntnissen.

Es ist viel einfacher, als sich einzugestehen, dass man Einfluss auf alles hat.

Jeden Tag, mit jeder noch so kleinen Entscheidung, die man trifft oder nicht trifft.

Sei es ein BonBonpapier, was man auf den Boden wirft, oder der Burger, den man sich am Nachmittag reinzieht.

Oder der Kommentar, den man im Internet hinterlässt. Das, genau *das* zerstört unsere Welt. Du. Ich. Das nicht sehen zu wollen ist feige und ich darf so urteilen, denn ich selbst bin es auch – und ich schäme mich nicht, das zuzugeben.

Ja ja, du hast recht, Religionen sind der Teufel dieser Welt; lass uns heute Nacht alle Tempel und Kirchen dieser Stadt abbrennen!

Ich glaube, dass das, was Menschen ‚Gott' nennen, in uns selbst steckt. Wi müssen diese Welt zum Paradies machen, nicht nach unserem Tod auf eine hoffen.

Du bist Gott.

Alles, was lebt, ist ‚Gott'.

Ich bin Gott.

Nein, du bist nur eine Idee. Ich lebe in einem Körper mit einem Bewusstsein. Alles, was du bist, ist das, was mir widerfahren ist, was ich gelernt habe; Meinungen, Zweifel, Ängste, Wut; bloß ein Produkt meiner Umwelt. Aber ich, ich stehe daneben und beobachte dich. Ich bin nicht das, was du mich glauben lassen willst, ich bin nicht, was andere in mir sehen oder was die Gesellschaft mir aufzwingen will; ich bin *hier* und *jetzt* und ich bin mir bewusst darüber. Ein kleines Licht im riesigen Universum, in meinem Kopf noch mal ein eigenes Universum. Das bin ich; und ‚Gott' ist Liebe.

Du bist soooo repetitiv, urgh.

Oh Pia, wir sind so schrecklich unbedeutend, ist dir das überhaupt klar? Über was du dir so Gedanken machst, zeigt schon, wie unangenehm wichtig du dich nimmst und wie gerne du dir selbst beim Denken zuhörst. Aber hey, du solltest es wirklich mal in Betracht ziehen, dich bei so 'nem Verkaufssender im TV zu bewerben, könntest den Leuten dort super 'n Ohr ablabern, mit deinem spirituellen Esoterik-Müll. Du musst dir ja eh langsam mal überlegen, wie du in Zukunft Geld verdienen willst; erinnere dich.

Vielleicht gibt es zum verdammten Schicksal eines kapitalistischen Wirtschaftssklaven ja noch eine alternative Möglichkeit.

Selbstmord?

combed my hair with baby alligator
fish guts on my hair but i dont care
aja told me that my girlfriend
was in mental hospital
I dont know what mental hospital is
but it must be happy Place cuz
she's there, i want to see her
want to touch her forehead
im so happy im on my skateboard
grandma's money in my pocket
i will buy a rubber roach for me
i will buy a stuffed bun for my girl
i will buy gummy bear for us
fuck everything im so happy now

Vielleicht kann man sich aller Gegebenheiten zum Trotz etwas aufbauen, das einen glücklicher macht. Ich meine, ohne dabei dem Geld hinterherjagen zu müssen.

Du meinst, in den Wald ziehen, dir mit Blättern den Arsch abwischen und Eichhörnchen die Vorräte plündern? Klingt doch nach 'nem Plan (deine Freunde werden bestimmt angetan sein von dieser Idee).

Stell dir vor, jeder Mensch könnte tun, was er am besten kann, ohne dafür eine Gegenleistung zu erwarten – sein Antrieb wäre es, der Gemeinschaft zu dienen und in seiner Tätigkeit voll aufzugehen. Diese Gesellschaft wäre so eine friedliche Gemeinschaft, wenn man Menschen bloß ihre Freiheit lassen würde. Sie könnten endlich damit anfangen, sich selbst zu ergründen, Empathie zu entwickeln und aufeinander achtzugeben. Ich will nicht mehr, dass Lebewesen sinnlos leiden müssen. Im Moment leiden viel zu viele, überall. Wir könnten das ändern.

Wer sammelt dann morgens um 5 den Müll von den Straßen und wer backt die Brötchen, die du zum Frühstück auf dem Teller liegen haben möchtest, wenn alle nichtsnutzige Freidenker wie du werden?

Würden Menschen in einer ressourcenbasierten Wirtschaft leben, könnte so vieles maschinell geregelt werden. Stell dir vor, es gäbe ein bedingungsloses Grundeinkommen!

Aber all das Leid in der Welt müsste nach deiner Logik doch dazugehören: Yin und Yang, das Gute im Bösen, das Böse im Guten – alles ist im Gleichgewicht. Du denkst nicht weit genug, du bist nur ein dummes Klischee, das sich aufspielen will.

Vielleicht können wir mehr, als wir glauben. Vielleicht können wir die Naturgesetze verschieben, die Muster durchbrechen, vielleicht können wir uns selbst übertreffen.

Zu viel Nietzsche gelesen? Bist du jetzt ein radikaler Marxist? Ein strikter Freudianer? Kommunismus und Anarchie? Hör auf zu spinnen.

Weder hat Marx sich als Marxist noch Freud sich als Freudianer bezeichnet. Das ist doch interessant, nicht? Für vieles ist die Gesellschaft einfach noch nicht bereit, aber die Ansätze waren und sind heute immer noch gut.

Sobald Menschen nachdenken, werden sie unglücklich; fahr endlich wieder einen Gang zurück und orientiere dich mehr an deiner Umwelt – du bist dabei, mich zu verlieren!

Stell dir vor, Menschen würden mit ihren Herzen hören und ihren Verstand nur dann benutzen, wenn sie ihn wirklich brauchen.

So überlebst du hier nicht.

Es sollte nicht nur darum gehen, Nahrung auf dem Teller zu haben – was ist mit Moral? Wir benutzen angeblich nur fünf Prozent unseres Gehirns, was sagt dir das?

All das hier sagt mir, dass du verrückt geworden bist. So oder so ähnlich muss es sein. Du verlierst deine Pflichten aus den Augen – du musst deinen Platz in der Gesellschaft finden: arbeiten, Geld verdienen, Rechnungen bezahlen!

baby animals doesnt know
anything
adult animals know
everything
so i love them
fuk human

Ich lebe gerade in der Gestalt des fortschrittlichsten Lebewesens auf diesem Planeten; wir Menschen haben die Erde quasi im Sturm erobert, herrschen über alles und können uns bereits so vieles erklären: Zumindest ungefähr, wo wir uns befinden, was um uns herum ist, was vor uns war und ein bisschen auch, was auf uns zukommen wird. Das ist eine unglaubliche Gelegenheit; ich habe diesen Verstand, den ich jeden Tag erweitern kann, und je mehr ich erfahre, desto mehr kann ich die einzelnen Punkte zu einem Gesamtbild verknüpfen. Ich will lernen; und Lernen bedeutet Spielen!

74

Wenn du so ein tolles Lebewesen bist, so schlau und so fortschrittlich, wie kommt es dann, dass du auf alles außerhalb deines Kreises scheißt?

So ist es nicht, vieles übersteigt nur meine Fähigkeiten in dieser Form.

Abgesehen von dir und deinen Freunden ist dir doch jeder scheißegal. Du kaufst Klamotten, die Menschen für einen Hungerlohn in einsturzgefährdeten Gebäuden produzieren. Wieso gibt es teure Marken, und was beweist man, indem man sie trägt? Du frisst Fleisch und Milchprodukte, wofür massenhaft Tiere leiden und sterben müssen, du trennst deinen Müll nicht vernünftig, achtest nicht auf deinen Plastikverbrauch – erinnere dich daran, dass es bald mehr Plastik als Fische im Meer gibt! Alles hier erstickt an euch Menschen.. ihr widerlichen, dreckigen Parasiten. Du willst lernen? Du willst spielen. Und was ist mit den anderen? *Ihr* seid der Virus, der das Leben vollständig auslöschen wird.

Es stimmt, diese Welt ist das, was wir daraus machen. Wir müssen alle am selben Strang ziehen; und weil wir so viele geworden sind, fühlt sich der Einzelne nicht mehr verantwortlich.

Die Theorie, was mit den Osterinseln passiert sein soll, ist das, was gerade mit dieser Welt passiert.

Was soll noch mal auf den Osterinseln passiert sein?

Ernsthaft, Pia, du bist so verkorkst, hättest in der Schule besser mal aufpassen sollen. Irgendwo hast du es noch abgespeichert, aber ich helfe dir nicht auf die Sprünge.

everything is my fault

Die Schule hat mir gar nichts beibringen können.

Weil du faul und dämlich bist, deine Mathekenntnisse sind vergleichbar mit denen eines Drittklässlers; verlangt jemand von dir eine einfache Kopfrechnung, bekommst du einen Blackout, wirst nervös und machst dicht. Jemand wie du bringt es in dieser Gesellschaft schlicht und einfach zu gar nichts.

Ich hatte kaum Lehrer, die meine Wissbegier wecken konnten. Sie konnten nicht mal eine Verbindung zu meinem realen Leben herstellen; ich habe nicht erkannt, wieso mich all das interessieren sollte.

Klar, immer haben alle anderen Schuld. Deine Familie, deine Lehrer.. Es lag nicht etwa daran, dass du viel zu schwach und erst recht zu dämlich für dieses Leben bist. Dir fällt nicht mal auf, wie oft das noch ich bin, die deine Gedanken lenkt.

Doch, es fällt mir auf. Es fällt mir immer öfter auf.

Für alles findest du Entschuldigungen, die Welt hat dich zerstört – alle haben es verstanden – dein ständiges Gejammer ist echt nicht auszuhalten, wieso hörst du nicht auf alles totzudenken? Du kannst dich nicht von mir lossagen; ohne mich bist du gar nichts, ich bin die Prise Salz, die den Unterschied macht, die dich in der Masse einzigartig macht.

Vor dem Urknall waren wir alle eins, wir haben alle denselben Ursprung, alle Grenzen, die es gibt, haben wir uns nur ausgedacht. Du bist nicht die Quelle meiner Gedanken, du bist nur die Übersetzung von allem, was mich umgibt.

Wenn wir alle verbunden und Gott sind (und all dieser Scheiß), bestätigst du dann nicht doch wieder die Theorien dieser Religionen, die du ja ach so lächerlich findest? Müsste es dann nicht so was wie einen überlegenen, intelligenten, bärtigen alten Mann geben, der oben in den Wolken lebt und kleine Teile von sich selbst in jedes Lebewesen einfließen lässt, das entsteht? Du widersprichst dir am laufenden Band.

‚Gott' muss doch keine Instanz sein, die außerhalb von allem Leben steht; ich glaube viel eher, es ist das Leben selbst. Das Leben folgt den Naturgesetzen und drückt sich auf so vielfältige Weise aus, vollkommen im Einklang mit allem. Wir haben einen Körper und ein Gehirn, mit dem wir uns all diese Umstände, in denen wir leben, immer besser erklären können–

dead inside
still sad
dead inside
still alive

Wir sind momentan und unserem jetzigen Wissenstand nach die einzigen hier, die ihre eigene Existenz derart umfangreich erforschen können.

Im Endeffekt sind wir einfach nur auf der Suche nach uns selbst und die Grenzen von unserem kollektiven Horizont erweitern sich mit jeder einzelnen Sekunde.

Das alles ist sehr viel abgefahrener, als es einem im Alltag vorkommen mag.

i'm still alive
so fuck you

Wir haben durch unsere vermeintliche Überlegenheit vergessen, dass wir nicht *auf*, sondern *mit* der Natur leben sollten. Wir beuten unsere Brüder und Schwestern aus und übersehen, dass wir sie brauchen, so wie wir Luft und Licht brauchen.

Gott sprach: Es werde Licht, gönnt euch, ihr kleinen Menschleins!

Wenn man sich ‚Gott' mal als etwas Abstraktes vorstellt, ist das gar nicht so dumm ... Durch Licht entsteht Leben.

Bäume haben dir immer das gegeben, was Menschen nie fähig waren zu bieten, erinnerst du dich? Erinnerst du dich an die Energie, die du spürst, immer wenn du ihre Rinde berührst?

Meinen ersten wahren Freund nannte ich Erdbeere, und ich kannte seine Wurzeln besser als meine eigenen Muttermale.

In ihm lebte bestimmt auch die Seele Gottes, heh~ redet dein Gott denn auch mit dir, Mademoiselle Messias?

Man könnte es so nennen. Indem ich in mich gehe und mich auf das konzentriere, was ich wirklich bin und was ich schon immer war (ich und alle anderen Lebewesen), kann ich Antworten finden. Es fühlt sich an wie ein innerer moralischer Kompass.

Du machst mir Angst, ich glaube wirklich, du bist verrückt geworden.

Ich mag es, mir Erklärungen und Bilder zu den verschiedensten Dingen auszudenken.

Du und deine ganzen Theorien, mit denen du dir die Welt erklärst.. Vergiss nicht, niemals etwas als Fakt anzunehmen, solange du es nicht beweisen kannst!

Vielleicht wird man irgendeine Idee ja wirklich mal wissenschaftlich belegen können; alles, was man phantasiert, sind schließlich Träume, die wahr werden könnten! Das ist das Aufregende daran.

Du denkst zu viel. Merkst du nicht, wie dich das runterzieht? Kaum hast du an einem Gedanken festgehalten, beschwört er den nächsten herauf, und den nächsten, und den nächsten, und ehe du dich versiehst, ertrinkst du in diesem Sumpf von unbeantworteten Fragen. Außerdem wiederholst du dich und drehst dich im Kreis. Weißt du noch, als ich die Kontrolle über diesen Körper hatte? Erinnerst du dich, wie es war, tief in dir drin zu schlummern?

Es ist interessant, dich zu analysieren.

Wer analysiert hier wen?
Du bist schablonenhaft.

Ich muss dich nicht rauslassen, das weißt du, oder?

Es muss nur einmal wieder jemand in einem hitzigen Gespräch einen Nerv treffen und ich breche aus dir heraus – ob's dir passt oder nicht, das habe ich doch wohl dein Leben lang zur Genüge unter Beweis gestellt. Du bist ich, ich bin deine Vergangenheit, Gegenwart und Zukunft, gebündelt zu einer Energie, die dich lenkt; du hingegen bist nichts als eine kleine Flamme, die jahrelang geschlummert hat; also hör auf, mir etwas über dich oder mich erzählen zu wollen.

Ich werde immer besser darin, nicht meinem ersten Impuls nachzugeben. Ich glaube nicht mehr, dass ich du bin und nicht unter Kontrolle habe, was passiert. Ich kann tun, was auch immer ich will, und sein, wer auch immer ich sein will.

Deine Gedanken kannst du nicht kontrollieren!!

Aber ich kann entscheiden, was ich laut ausspreche und somit Teil meiner Außenwirkung werden lasse.

Die drei Siebe
des Sokrates:

Ist es wahr? Ist es wesentlich? Ist es wohlwollend?
Erst wenn ich alle drei Fragen mit *ja* beantworten kann, werde ich etwas aussprechen und somit Einfluss auf die Gesamtheit nehmen.

my feelings hurt my feelings
argh.

Du bist wertlos, niemand liebt dich, nicht mal dein eigener Vater, deine Mutter wäre ohne dich besser dran gewesen – die Arme. Du bist eine Enttäuschung für deine gesamte Familie, du machst Menschen entweder traurig oder du bist ihnen egal, auf alle Fälle bist du für jeden nur eine Last oder eine Puppe. Du kannst nichts, auch Dünnsein macht dich kein bisschen schöner (im Gegenteil); und wenn du stirbst, wird außer mir niemand mehr da sein.

Danke, dass du deine Meinung mit mir teilst; im Ernst, ich weiß deine Existenz zu schätzen, allerdings habe ich jahrelang hingenommen, was du mir sagst, dann habe ich jahrelang dagegen angekämpft und mittlerweile verstehe ich, dass ich dir nicht immer glauben sollte.

Das ändert nichts daran, dass man dir weh getan hat und immer wieder weh tun wird.

Ich weiß, dass niemand das mit Absicht tut.

hey me,
save me
from me

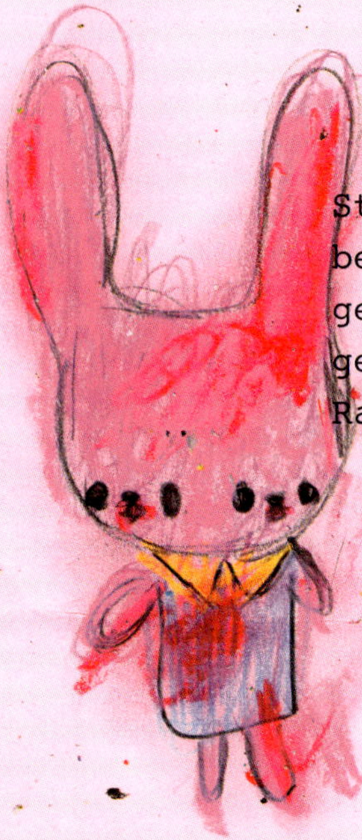

Stimmt, man hat sich total unbewusst einen Scheiß um dich gekümmert und dich allein gelassen. Ich hasse dich und Rache ist Blutwurst.

Das Leben verläuft nun mal so, wie es verläuft. Wenn man zulässt, dass einen das auffrisst, dann gibt man es bloß an seine Umwelt weiter und an die Menschen, die nach einem kommen.

Du verzeihst ihnen wirklich, ich fasse es nicht.. Aber du warst schon immer schwach, nicht mal als du selbst noch an ihre Schuld geglaubt hast, wolltest du sie das wissen lassen. Wie entgegenkommend du deinen Abschiedsbrief damals formuliert hast – zum Schreien komisch.

nightmare to nightmare
good morning, reality

Die Menschen sind nicht das, was ich auf sie projiziert habe. Mein Vater ist nicht nur mein Vater, meine Mutter nicht nur meine Mutter; jeder hat einen eigenen Kosmos und ich bin auch nur eine Person von vielen in ihrem Universum.

Mich hat niemand gefragt, ob ich dieses Leben haben will – irgendwer hier muss mir doch irgendwas schuldig sein??

ha ha ha ha

Hätte ich mich umgebracht, hätte die ganze Welt, aber auch ich selbst Schuld daran gehabt ... Wozu?

lonely!!
lonely!!
hahaha
LoLly
hahaha
hahaha
hahaha
hahaha
haha

don't be kind to me

Ich fasse es nicht, dass du uns das antust. Du nimmst ihnen einfach ihre Schuld.

Ja, ich vergebe ihnen, aber vor allem mir selbst.

Erinnerst du dich nicht an all die Nächte mit durchnässten Laken, an die Albträume?

Als Kind habe ich einige Male von einem Mädchen geträumt, das einen kleinen Jungen unter einem Gullydeckel einsperrt.

Da waren wir 3 Jahre alt, der Traum hat bei unseren Großeltern gespielt und ich habe die Szene durch das Gebüsch von unserem Garten aus beobachtet.

Der Junge war ungefähr in meinem Alter, vielleicht aber auch schon fünf, und hatte goldenes Haar. Er war ganz schwach und unschuldig.

Und das Mädchen müsste etwa zwölf gewesen sein, aus unserer kindlichen Perspektive wirkte sie jedenfalls viel älter und reifer, als wir es waren. Du hast sie im Traum dabei beobachtet, wie sie den Jungen bedroht und dort eingesperrt hat; sie wollte ihn verhungern lassen.

Als sie weg war, bin ich zu ihm gegangen, er hat mir seine Hand durch einen Spalt entgegengestreckt, ich habe noch ganz genau sein vor Angst verzerrtes Gesicht vor Augen ...

Du warst zu schwach, um den Deckel anzuheben. War es nicht so, dass wir im Traum Opi davon erzählt haben und er uns ausgelacht hat?

♪ Lorn - Acid Rain ♫

Das Mädchen hat bei uns geklingelt und bei Oma nach Süßigkeiten gefragt; alle fanden sie so nett, sie hat sie geschickt um den Finger wickeln können.

Der Traum endete mit dem Gefühl, machtlos zu sein. Du wusstest, jemandem wird Unrecht getan und Erwachsene könnten dir helfen, aber niemand hörte dir zu oder erkannte den Ernst der Lage. Ganz schön komplexer Traum für eine Dreijährige, findest du nicht? Was hast du verdrängt, was mit diesem Traum immer wieder rauswollte?

Damals konnte ich mir das ja noch gar nicht so umfangreich erklären, aber er hat sich in mein Hirn gebrannt. Ich habe so oft darüber nachgedacht, jahrelang, deshalb hab ich ihn noch so detailreich in Erinnerung.

Wie dem auch sei, diese Albträume meinte ich gar nicht.

Ich kann diesen kleinen Jungen mit dem goldenen Haar nicht vergessen. Wer ist er?

Ich meine all die Träume, in denen du vor *ihm* standest, ihm an den Kopf geworfen hast, was er dir angetan hat, was er aus dir gemacht hat, wie er dich alleingelassen und zerstört hat.. Und er stand nur da, hat dich nicht mal angesehen, als würde er dich nicht hören, als wärst du gar nicht da..

Jeder Mensch ist im Kern gut und braucht lediglich Verständnis und Zuneigung, da bin ich sicher … denn Verständnis anderen Menschen gegenüber hilft dabei, fremde Worte leichter in die eigene Sprache zu übersetzen. Jeder hat andere Assoziationen, so ist es nun mal.

i hate them
because they're
not me.
i hate me
because i am me.
why?! why?!
why?! why?!
why?! why?!
why?!

Nicht alle Menschen sind gut, mach dir nichts vor. Erinnerst du dich noch an diesen einen Typen, der dir 'ne Scheißangst eingejagt hat?

Davon gab's nicht nur einen, ich bin schon so einigen gruseligen Menschen begegnet.

Richtig, stimmt. Aber ich meine diesen Dude, der dich damals, als du 14 warst, auf dem Weg zum Klo an die Wand gepresst und mit seinen hellblauen, fast weißen, Augen durchbohrt hat.

Als ich mit Marie bei ihrem Freund war?

Wie immer, wenn ihr alle gemeinsam im Keller gechillt und gesoffen habt, waren auch ein paar zwielichtige Typen da, über die Gerüchte kursierten, dass sie Gleichaltrige mit Messern attackieren und Mädchen mit Grillwürstchen vergewaltigen würden. (Danach sollen sie die sogar dem Vater des Mädchens serviert haben, so hat man sich erzählt.)

Als ich die Treppe hochgegangen bin, hat einer von denen mich verfolgt.

Er hat dich aus dem Nichts und in Sekundenschnelle fest im Griff gehabt und kam mit seinem fiesen Grinsen deinem Gesicht ganz nah.

Ich erinnere mich; er hat nichts gesagt, aber ihm nur in die Augen sehen zu müssen, hat einen Schauer über meinen Rücken gejagt. Er hat es genossen, mich so wehrlos und eingeschüchtert zu sehen ... Es gibt zu viele solcher Menschen, aber sie sind auch nur Produkte ihrer Umwelt.

Sie können gut unsichtbar werden, aber dann sind da immer wieder diese Momente, in denen sie ihr wahres Gesicht zeigen; wenn das, was sie sagen, und das, was sie machen, plötzlich endlich mit der Härte in ihren Augen harmoniert. Du hast es schon öfter gesehen, das Böse in Menschen, die berechnende Kälte.. Das, was sie glauben verstecken zu können – doch du siehst es immer.

Es ist unangenehm – manchmal auch furchteinflößend –, zu erkennen, wie wenig Liebe manche Menschen in sich tragen.

Weißt du noch, dieser eine Junge in der Grundschule, dessen Eltern sich nicht um ihn gekümmert haben? Jeder wusste das, sogar die Lehrerin, aber niemand hat ihm geholfen.

Er war immer gemein, hat andere angespuckt und war unberechenbar. So eine kleine Seele und schon so strapaziert von all diesen Ängsten.

An seinem Geburtstag, wenn alle Kinder einen von der Mama gebackenen Kuchen mitgebracht haben, hatte er Gummibärchen von McDonald's dabei; er hatte auch nie Hausaufgaben, stattdessen hat er den ganzen Tag mit seinem kleinen Bruder RTL 2 geschaut, während seine Eltern beide arbeiten waren. Anstatt eine erwachsene Vertrauensperson für ihn zu werden, hat die Lehrerin seinen Tornister vor allen anderen Kindern ausgekippt und sich über den chaotischen Inhalt lustig gemacht.

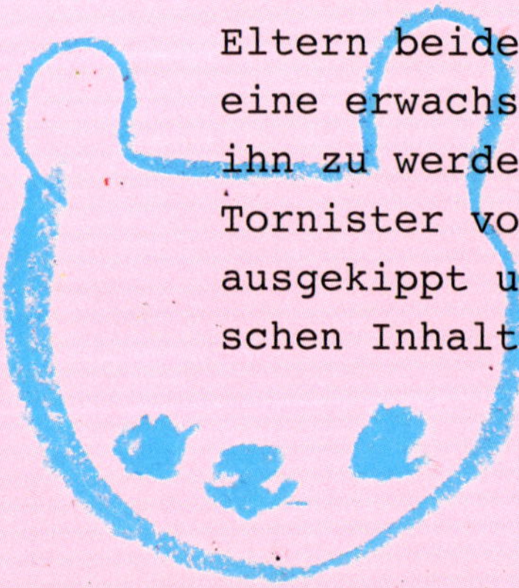

eww

Eine erwachsene Lehrperson, mit einer Klasse voller Kinder im Rücken, hat auf den Schwächen eines kleinen Jungen herumgetrampelt, der erst sieben Jahre alt und vollkommen auf sich allein gestellt war. Angeblich wollte sie ja nur seine Hausaufgaben ‚suchen' ... und ich war zu feige, selbst viel zu eingeschüchtert, um irgendwas gegen dieses Unrecht zu sagen.

my memories

Sie hat mit dem Zeigestock eine benutzte Unterhose hochgehalten, die wohl aus Versehen in den Tonni gerutscht war, und sich darüber ausgelassen, dass da doch sicher Kotrückstände dran zu finden seien.

Er ist vollkommen erschüttert aufgesprungen, hat einen Tisch umgeworfen und ist unter Tränen nach Hause gerannt.

Der Hausmeister hat noch versucht, ihn aufzuhalten, als er den kleinen Jungen so aufgelöst über den Schulhof rennen sah, aber er war zu schnell.

Irgendwann ist er dann einfach nicht mehr zur Schule gekommen.

Wann gab es jemals Lehrer in deinem Leben, die ihre Position nicht ausgenutzt und Schüler zum persönlichen Stressball ihrer eigenen Komplexe gemacht haben? Die gefühlte Mehrheit genießt es doch einfach bloß, Macht auszuüben und ihrer Bosheit freien Lauf zu lassen.

Aber ist es wirklich Bosheit? Nicht viel eher … Angst oder Schmerz? Müsste ich nicht Verständnis aufbringen und vielleicht sogar Mitleid haben? Bisher habe ich Menschen, die mir gegenüber negativ aufgetreten sind, immer provoziert, ihnen vor den Kopf gestoßen und dadurch erst recht das aus ihnen hervorgekitzelt, worüber ich geschimpft habe.

Fehlende Empathie deinerseits.

Ich muss vorsichtiger werden mit den Worten, die ich wähle. Ich muss sensibler sein, viel eher Ratschläge geben und diese begründen, als dass ich Vorwürfe mache. Ich muss das, was ich schon immer gefühlt habe, endlich auch selbst leben.

Manche sind und bleiben unverbesserlich, du wirst sehen.

Du wirst sehen.

Was ist zum Beispiel mit Finns neuestem Flirt; willst du abstreiten, dass du die negative Aura um ihn herum wahrnimmst? Hast du nicht versucht, es zu ignorieren, bekommst aber die ganze Zeit bestätigt, dass dein Misstrauen berechtigt ist?

Das ist noch mal was ganz anderes …

Und als seine Freundin. Solltest du ihm nicht von deinen Bedenken erzählen und ihn auf all die Dinge aufmerksam machen, die dir auffallen?

boo boo boo boo

oing something sucks

doing nothing rules

stay in my blanket

saturday sunday

stay in my blanket

god, forgive me

Liebe macht blind. Natürlich würde ich ihn gern schützen, aber er muss selbst seine Erfahrungen machen … Vielleicht irre ich mich ja auch.

Du hast dich bisher nie geirrt. Der Typ war nicht ehrlich und denkt, er könne euch allen was vormachen.

fuck you

i forgive me

Finn sieht etwas in ihm.

i stay in my blanket

stay in my blanket

hey me

Finn sieht in jedem etwas, du selbst hast grad bestätigt, dass er quasi blind vor Liebe ist.

stop

blamin' me

Vielleicht sehe ich in dem Dude bloß mich selbst … Gerade *weil* Finn in jedem etwas sieht, bewundere ich ihn so sehr. Ich habe Angst, dass das nicht mein guter Instinkt, sondern falsches Misstrauen ist. Ich habe Angst davor, mich selbst zu täuschen. Ich habe Angst, dass du mich täuschst.

Du erkennst schnell die Energie hinter den Absichten eines Menschen. Du kannst vielleicht nicht konkret benennen, was sie vorhaben, aber du spürst, mit welcher Intention.

Mag sein. Aber ich kann niemandem aufgrund eines komischen Buchgefühls eine Chance verwehren, nicht?

Höre bloß nicht auf, wachsam zu sein.

Aye, aye.

Erinnerst du dich nun an die Träume, oder nicht? Was denkst du, sollten sie dir sagen?

Neuerdings vergesse ich meine Träume immer direkt nach dem Aufwachen. Ich träume die merkwürdigsten und aufregendsten Dinge, das war schon immer so, leider erinnere ich mich nur noch an die Gefühle, die sie hinterlassen. Das kommt bestimmt vom Kiffen, verdammte Scheiße.

for months you ate pills like candy.

Drugs saved my life; kann ich nicht leugnen.

Drogen hätten dein Leben fast gefickt.

you feel sad
when im me
I hurt you
when im me

Aber auch nur fast.

♪ PHARAOH & Boulevard Depo - 5 Минут Назад ♫

im sorry for being me

Sieh dich doch an, du dürres Drahtgestell.

Ich muss meine Ernährung echt in den Griff kriegen, die Chicken Nuggets liegen auch schon wieder wie Steine in meinem Magen.

Widerlich, dass du das in unseren Körper gelassen hast; lebendig zerhäckselte Babyküken, vermischt mit irgendwelchem weiteren fleischlichen Abfall~ und das liegt da jetzt in meinem Magen :x Daraus kann unser Körper keinerlei Energie gewinnen, es ist, als würdest du Pappe mit Geschmacksverstärkern essen, es schwächt dich und du bekommst unnatürliche Fettpolster. Und du bist doch wohl fett genug, oder, Hungerhäkchen? Fleischkonsum macht Menschen außerdem aggressiv und machtbesessen. All das Leid, was du dadurch in uns aufnimmst, ewwwwww~

Wieso hab ich nie so richtig meine Ernährung hinterfragt? Mir ging es noch nie gu damit, aber ich war auch einfach zu bequem, um darüber nachzudenken, was ich ändern könnte.

Wir sind zu verwöhnt; es ist nicht lang her, da hatte man kaum genug, um zu überleben, unsere Großeltern erinnern sich.. deshalb essen die auc heute immer zwei Scheiben Aufschnitt statt einer

Jetzt bekommt man zu jeder Zeit alles im Überfluss und fertig abgepackt. Man isst nur noch, um zu genießen, man sieht es gar nicht mehr als Treibstoff an, obwohl es genau das eigentlich sein sollte. Ich weiß gar nicht, wieso ich schon wieder so schwach war und mich dem Genuss hingegeben hab ... Klar, ich hatte Hunger und Satsuki hätte sie sonst weggeworfen, aber diese kurze Befriedigung war's irgendwie nicht wert. Sie muss aufhören, diesen Mist zu kaufen, dann komme ich auch nicht mehr in solche Situationen.

Selbstbeherrschung ist der Schlüssel. Und Satsuki ist auch nur eine weitere Bekanntschaft, die uns nichts bringt und bloß anstrengende, oberflächliche Interaktion abverlangt.

Ich bin froh, eine Freundin gefunden zu haben; von allen von Finns Stammkunden mag ich sie am liebsten. Ich dachte immer, ich würde mich niemals mit Mädchen verstehen können …

Wie lange wir auch gebraucht haben, um zu verstehen, dass nicht Mädchen an sich das Problem sind (so typisch für dich).

… Und sich selbst als untypisches Mädchen zu bezeichnen das Problem nicht löst.

Ja ja, was ist schon typisch Mädchen und typisch Jungs, blablabla. Im schlimmsten Fall macht Gendern aus Mädchen oberflächliche Zicken und aus Jungs unsensible Machos, so what? Who cares?

Ich liebe diese Entwicklung, dass alles sich immer mehr miteinander vermischt und die jüngeren Generationen sich immer weniger auf anerzogene Vorurteile berufen, das bedeutet so viel mehr Freiheit für alle.

Dafür labelt sich jetzt jeder. Ich bin bisexuell, muslimisch, non binary, Metalhead, 14 Jahre alt und ein Otaku!

Irgendwann werden Labels vielleicht nicht mehr nötig sein, und es wird ganz selbstverständlich, dass man sich selbst und anderen keine Grenzen setzt. Es geht nicht darum, außerhalb der Box zu sein – denn es gibt überhaupt gar keine Box!

Na ja, ist aber auch zum ersten Mal in der Menschheitsgeschichte wirklich möglich, dass Menschen es sich leisten können, alles zu sein, was sie sein wollen. Wer Krieg führt, kann sich keine Gefühle erlauben.

Krieg zerstört Menschen. Nicht nur in dem Moment, in dem er stattfindet, nicht nur die Folgejahre und den anschließenden Wiederaufbau über; Generationen später spürt man noch, wie sehr er die Menschen beeinflusst hat und wie er die Gesellschaft bis aufs Mark erschütterte.

Außerdem werden Länder, in denen Krieg geführt wird, in ihrer Entwicklung um Jahrzehnte zurückgeworfen und die Kulturen müssen einiges von ihrer Kunst einbüßen.

Verbrannte Bücher, verbotene Musik, Worte, die auf schwarzen Listen stehen. Kennt noch irgendwer die Wahrheit? Was ist Wahrheit?

Wir sind in einem Land geboren, in dem die Generation unserer Großeltern Kinder im Zweiten Weltkrieg waren. Brüder, Väter und Onkel sind in diesem Krieg umgekommen und es ging ums blanke Überleben. Die deutsche Mentalität setzt sich zusammen aus Korrektheit, Fleiß, Verschlossenheit und Misstrauen. Außerdem sind die Menschen in unserer Heimat für gewöhnlich sehr distanziert von jeglichen Emotionen.

Verallgemeinerung.

Unser Vater war verblendet und unsere Mutte traurig, so haben wir sie immer wahrgenomme unser ganzes Leben lang.

Das lag aber nicht zuletzt daran, dass sie von Kriegskindern großgezogen wurden. In diesem Land herrscht noch nicht lang genug Frieden, um eine in sich stabile Gesellschaft zu haben.

my heart is bad shit,

In Kriegszeiten haben Frauen ihren ‚männlichen' Teil unterdrückt und Männer ihren ‚weiblichen', also ist es gar nicht so verwunderlich, in was für einer sexistischen Gesellschaft wir heute leben.

but my heart is mine
do not enter
you're not welcome
fuck you all

heard too much
cried too much

Frauen waren zwar stets das schwache Geschlecht, aber dafür gleichzeitig auch viel mehr in Kontakt mit ihren Emotionen.

Die Jeanne d'Arcs der 60er konnten also die Ungerechtigkeit erkennen und die von Männern dominierte Welt zum Einsturz bringen..

... und Gleichberechtigung verlangen.

Die sie immer noch nicht haben.

Es ist ein langer Weg, bis diese Werte wirklich überall angekommen sind.

Stop crying
do bad shit

Sexismus, Rassismus, Speziesismus– all das muss die Menschheit hinter sich lassen, wenn sie weiterbestehen will. Wo soll Krieg denn schon hinführen? Spätestens, wenn alles erst mal erobert ist, kann man sich einer friedlichen Koexistenz nicht mehr entziehen–

Chew barbie doll
Put fingar in
Somebody's cake

außer, man will
den Untergang.

Aber die nachfolgenden Generationen, die mit dem Internet aufwachsen, werden allein deswegen schon so viel offener und aufgeklärter sein als alle zuvor. Digitale Revolution!

Wenn aber alle jetzt genderfluid und pansexuell werden und sich ihren Kopf tätowieren – weil freedom und so –, bist du ja gar keine Special Snowflake mehr? Was ist dann zukünftig deine Ausrede, dass du kaum Freunde hast, wenn alle dir immer ähnlicher werden?

Freunde zu finden ist nicht leicht für mich, aber ich lerne gerade, mich zu öffnen.

Das kann dauern; dein Ozean ist so tief,
du bist schließlich jahrelang getaucht.

Komplizierte Beziehungen haben ihren Ursprung doch meistens darin, dass man einander nicht versteht, weil man viel zu oft von sich auf andere schließt. *Du bist nicht wie ich, ich verstehe dich nicht.*

Klar, aber da bist gerade du doch besonders gut drin. Denkst du wirklich, du kannst dich selbst überwinden?

Ich bin zu schwammig, um zu wissen, wer ich wirklich bin. Das ändert sich doch sekündlich! Je mehr ich verstehe, desto komplexer wird alles; mein Bild von der Umwelt und auch mein Selbstbild. Ich hab ewig nur als mein Ego gelebt, und jetzt, wo ich meine festgefahrene Realität Stück für Stück abbaue, meine Hülle von mir abstreife und mit offenen Augen durch die Welt gehe, bin ich regelrecht erschlagen von all den Möglichkeiten und all den unterschiedlichen Perspektiven und Arten, Dinge aufzunehmen.

Davon hatten wir es bereits, jaja. Du willst also offener in deiner Kommunikation werden? Vernünftiger und reflektierter? Keine Tobsuchtsanfälle mehr? Wie lange, glaubst du, kannst du deine Aggressionen unterdrücken?

If you need to hate someone, hate yourself! Dann verletzt du niemanden mit deinen eigenen Schwächen.

Und vergiss nicht, anschließend an dir zu arbeiten, um diesen Hass zu beseitigen, denn du solltest genauso wenig verletzt werden (auch nicht von dir selbst).

Mit Finn streite ich mich nie, weil er einem jegliche Basis dafür nimmt – er zieht sich zurück und spricht es später noch mal an, wenn die Wogen geglättet sind. Wenn Tom und ich uns streiten, versuche ich mittlerweile, mich ebenso zurückzuziehen und meine Gefühle erst für mich allein auszudrücken.

Ich schreie, weine, male, schreibe–

You will leave me
it's okay
it's okay
but please dont leave me suddenly
you will leave me
it's okay
okay

–denke ausgiebig darüber nach und versuche, es ihm anschließend zu erklären und näherzubringen. Sich Vorwürfe zu machen und einander nicht zuzuhören bringt gar nichts. Das ist etwas, was ich erst durch ihn lernen konnte, weil wir uns erlaubt haben, aneinanderzustoßen … weil er mic liebt und ich ihn. Unglaublich, aber wahr.

Er denkt nur, dass er dich liebt, das ist dir aber schon klar? Kommt eine Bessere (was nicht sehr schwer ist), wird er weg sein. Er ist bloß noch da, weil er nicht viel rausgeht – da dauert das halt 'n bisschen länger, jemand Neues kennenzulernen; ist aber alles nur eine Frage der Zeit. Er ist süß, das wird sich von allein regeln.

Ich will niemandem mehr Vorwürfe dafür machen, wie ich fühle. Meine Unsicherheiten sind mein Problem, niemandem ist geholfen, wenn ich ihnen vorhalte, wieso sie welche negative Emotion in mir ausgelöst haben, und ihnen auch noch die Schuld dafür gebe.

Du solltest wirklich besser mal seine Mails checken, wer weiß, was er hinter deinem Rücken abzieht – hast du denn immer noch nicht dazugelernt, Maus? Jeder ist allein, niemand kümmert sich wirklich um dich. Er hat auch seine Bedürfnisse.. Kennst du ja von Lucas, deiner ersten große Liebe. hihi.

Wenn ich mich emotionalen Ausbrüchen hingebe, verliere ich mich nur wieder in meinen Komplexen und einprogrammierten Ängsten, die mein Verstand mir vorgaukelt. Alles ist in Ordnung, es ist mehr als nur das. Zum ersten Mal vertraue ich wirklich jemandem und fühle mich nicht mehr allein.

Hör - auf - mich - zu - ignorieren!

headless horse ghost
nobody knows
he was a unicorn

i am everything i hate

nobody knows

he is happy now

Es ist mir so unangenehm, wie dumm und trotzdem so sehr von mir selbst überzeugt ich vor ein paar Jahren oder auch gestern noch war. Ich bin noch viel zu tief in meine eigenen Perspektive festgefahren, aber wahrscheinlich muss ich mir diese Zeit des Lernens auch einfach geben, um meinen Erwartungen wirklich gerecht zu werden.

Du bist besonders, lebe das aus und spalte dich von anderen ab! Mindestens 90 % der Menschheit sind dümmer als du, das zählt dich zu einer elitären Gruppe – own it! Lass sie reden, ihr Neid ist deine Anerkennung, hihi.

Negative Gefühle zum Ausdruck zu bringen bedeutet absolut immer reine Schwäche für mich.

Wie kannst du es wagen, du dissoziierte Irre? Du bist doch die Schlimmste von allen!

Ich war so oft blind, feige, faul, egoistisch und narzisstisch; ich war aber auch mutig, reflektiert, einsichtig, ehrlich und aufrichtig.

Du hältst dich für so unfehlbar, oder? Du hast dir gar nichts vorzuwerfen, nicht? Weißt alles besser, mh?

Sobald man zu sich steht und keine Angst vor der eigenen Schwäche hat, nimmt man jegliche Angriffsfläche.

So viele Menschen sind schlauer, besser und weiser als du! :P

Egal; man tut, was man kann.

i hate my feelings
but everything i feel is
everything to me
so i hate everything
fuck you all

So gesehen wissen wir maybe noch gar nichts, aber eine kleine Bestandsaufnahme schadet nicht.

Ich mag es, nachts meinen Gedanken nachzuhängen. Momo sagte mal zu mir: *Die Leute werden sich noch wundern, wenn sie sehen, was in dir steckt.*

Du täuscht dich, das war S und damit meinte er mich.

Die Aciderfahrung bringt mir jetzt, Monate später, irgendwie noch mehr als zu dem Zeitpunkt, als ich sie erlebt habe. Ich war überhaupt nicht ready dafür, es hat mich in einen Zustand gerissen, auf den ich nicht vorbeireitet war; der Verlust meiner selbst – meines Egos – hat mir Angst gemacht. So wie ich halt immer erst mal uncomfortable bin, wenn's um Veränderung geht, selbst wenn sie zum Guten ist.

Zum Glück bin ich wieder vollständig und heile zurück in deinen Körper gekommen. Das hoffen wir zumindest, nicht? Weißt du noch, als du auf Acid in den Spiegel geguckt hast und so hässlich aussahst? Du hast dich gefragt, ob du dich zum ersten Mal so siehst, wie andere dich immer wahrnehmen, und warst schockiert darüber, weil du dich so hässlich fandest.. Du bist nämlich verdammt oberflächlich ;.;

Nein, das war es nicht. Ich sah nur einfach anders aus, als ich es von mir kenne, das hat mir Angst eingejagt.

Aber ich dachte, du bist nicht dein Körper? Ich dachte, das wäre so unwichtig? Trotzdem bist du bemüht darum, unterhalb deines Halses komplett enthaart zu sein und hübsch gezupfte Augenbrauen zu haben. lolz

Ich versuche, mich nicht zu sehr von meiner Umwelt beeinflussen zu lassen, aber natürlich werde ich immer ein Produkt meiner Umwelt sein – wichtig ist nur, das alles nicht zu ernst zu nehmen. Erst wenn ich mich durch Äußerlichkeiten definiere, bin ich vergänglich und sterblich.

Oh, aber du bist doch so ein trendy Rebell mit deinem tätowierten Glatzkopf; fuck society!

Män, nachts wirst du echt besonders gemein.

Ich kann deine schillerndste Phantasie und dein schlimmster Albtraum sein; meistens befinde ich mich irgendwo dazwischen.

trampoline in the church's backyard
bounce bounce with baby penguins
Peep into a room,
nun is shooting dope
She does her thing
I do my thing
bounce
bounce with
baby penguins

♪ KOHH - Now ♫

108

Was ist der Sinn des Lebens?

Das fragst du ausgerechnet die Verkörperung deines Egos?

Halt mal kurz inne und denk wirklich drüber nach; du selbst.

Sprichst du gerade zu dir, deinem Ego, uns beiden, oder was wird das hier?

Diese Frage wird uns ständig wie eine Floskel um die Ohren gehauen, man hört sie selten in einem aufrichtigen, passenden Moment. Jetzt ist er da, dieser Moment. Ich möchte, dass du die Augen zumachst und kurz darüber nachdenkst, J E T Z T.

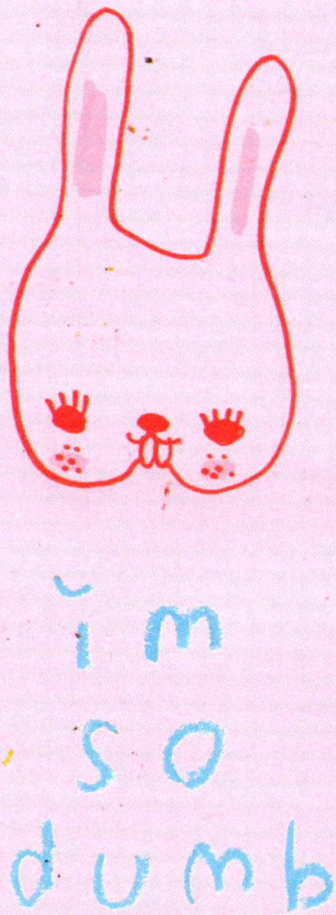

Ich muss zugeben, ich habe mich lange Zeit nicht sonderlich oft in meinem Kopf aufgehalten. Eigentlich liebe ich es, zu träumen und auf Ideen zu kommen; ich liebe es, mir meine Umwelt durch Nachdenken erklären zu können. Jeder Mensch, der einst einen bahnbrechenden Gedanken hatte, ist schließlich auch selbst darauf gekommen! Man muss nur aufmerksam durch die Welt gehen, das Wissen um einem herum aufsaugen und aus allem, was einem widerfährt, Informationen für sein Gesamtbild ziehen.

Diesen Vorgang hast du dir nun schon so oft in allen möglichen Wortvariationen durch den Kopf gehen lassen – äußert repetitiv und dementsprechend nervig; es scheint dich wohl sehr zu beschäftigen.

Ich frage dich noch mal: Was ist der Sinn des Lebens? Ich möchte es von *dir* wissen, *du* sollst es sagen. Wenn du es nicht laut aussprechen kannst, dann flüstere es wenigstens im Kopf!

Ist dir mal in den Sinn gekommen, dass nur *du* diese Frage beantworten kannst? Dass die Antwort in *dir* liegt?

Aber du bist ich, du musst doch eine Antwort parat haben!

zZZ

Ich hab irgendwann aufgehört, in dieser Welt wahrhaftig zu existieren, und da habe ich dann auch meinen Sinn vergessen. Es müsste mit meiner Pubertät angefangen haben ...

Auch da ist vieles in sich zusammengebrochen, was sich über unsere gesamte Kindheit hinweg aufgestaut hat. *Du drehst dich im Kreis.*

Ich hielt mein Leben nie für besonders unerfüllt oder traurig, aber wenn ich vernünftig darüber nachdenke, fällt mir vieles auf, was meine Wut im Kindesalter erklärt.

hehe life....

Meine Schwester und ich haben uns manchmal heftig weh getan,

ich habe *DU* eine *DREHST* Narbe von *DICH* einem Mal, als *IM* sie meine Haut *KREIS* so stark zwischen ihren Fingernägeln eingeklemmt hat, dass es geblutet hat. Kennt ihr das Gefühl, wenn man zubeißt und merkt, wo die Grenze liegt, aber diesen Drang in sich spürt, sie zu überschreiten? *DU DREHST DICH IM KREIS!* Meine Schwester hatte meine Zahnabdrücke im Arm ...

Wir haben einander mit der flachen Hand auf den Rücken geschlagen, haben uns geboxt, an den Haaren gerissen, waren herablassend und scheußlich zueinander..

Warum?

Nun, keine Ahnung, ob sich das irgendjemand jemals beantworten wollte, aber der Nikolaus hat uns mit einer Rute bestraft.

Haben wir denn je wirklich an den Weihnachtsmann geglaubt? Oder an das Christkind, den Osterhasen?

Wir haben dieses Leben eigentlich nie wirklich verstanden, alles wirkte konstant weird auf uns.

Ich meine mich zu erinnern, dass ich immer wusste, dass meine Eltern dahintersteckten, aber ich habe mitgespielt, weil ich es so genossen habe, was für eine Mühe sie sich gaben, um diese Illusion aufrecht zu erhalten.

Die Zahnfee hat uns besonders gut gefallen, alleine das Konzept: Wackelzähne sind der Hammer, man kann ewig an ihnen rumspielen, irgendwann zupft man sie raus, hat eine fleischige, leere Stelle im Mund (wo man gern mit der Zunge drangeht) und seinen Zahn in der Hand. Packt man diesen nun unter sein Kopfkissen, kommt die Zahnfee mit einem kleinen Geschenk vorbei.

Meine ganz persönliche Mamafee.

Bei deinem ersten Zahn war es Glitzerknete, die hattest du dir gewünscht, erinnerst du dich? Es war aber nicht die richtige.
Nicht die aus der Werbung.

Sie hat auch noch einen glitzernden, ermutigenden Brief hinterlassen! Wenn ich so darüber nachdenke, hat meine Mutter mir wirklich oft über solche Wege ihre Zuneigung gezeigt.

Aus dir ist trotzdem ein ganz komischer, in sich gekehrter Mensch geworden, der gar keine Vorstellung von seiner Außenwirkung hat. Erinnerst du dich daran, wie verunsichert du warst, wenn andere Kinder dich angesprochen haben, sich gar mit dir anfreunden wollten?

Ich habe wirklich nie verstanden, was sie in mir sahen.

i was existing there
but i was not there.
School, park, parents house,
Someone's birthday party,
i was existing there
but i was not there.

Du hast nie verstanden, was irgendwer in dir sah, weil dich das Gefühl nicht losgelassen hat, dass da gar nichts ist, dass niemand dich wirklich mögen könnte. Alle lebten immer nur ihr eigenes Leben, waren verstrickt in ihre eigenen Probleme, jagten ihre eigenen Träume und waren damit beschäftigt, irgendwie reinzupassen. Wenn nicht mal sie dich lieben konnten, wessen Liebe solltest du dir dann je sicher sein?

i have been here,
i'm here.

Meiner eigenen? Manchmal fühle ich mich wie einer von Peter Pans verlorenen Jungs.

woo small room in my head.

Mit dem kleinen, aber feinen Unterschied, dass du bewusst verloren gegangen bist

release me please.

und auch nicht vorhabe, zurückzukommen.

childhood dream
since ever, huh?

Ja.

Wieso sprichst du nie mit ihnen über das, was alles passiert ist?

Es ist nicht länger wichtig.

Es hilft, gewisse Dinge auszusprechen, y'know? Weißt du noch, als du dachtest, das war's jetzt? Sein Blick war so hart und furchteinflößend, vom Wahnsinn überkommen hat er vollkommen die Kontrolle verloren. Deine Füße schwebten über dem Boden, erinnerst du dich?

Hör auf …

All die Schläge waren vielleicht gar nicht das Schlimmste, vielleicht nicht mal, dass du zum Essen gezwungen wurdest, obwohl du gewürgt hast. Was hast du wohl alles verdrängt?

Hör auf.

Du redest nie über das, was in dieser Zeit passiert ist, du denkst nicht mal drüber nach.

Doch, es ploppt immer wieder einfach so auf; ich wünschte, es wäre nicht so. Ich bin noch nicht bereit, mich dem zu stellen.

Ok. Wie du meinst.. Wir haben erkannt, dass sie uns nie das geben konnten, was wir uns unter Liebe vorgestellt hatten.

Das bedeutete aber für mich, dass es so was wohl nicht wirklich geben konnte, dass das nur in Märchen existierte.

Wenn man von jemandem geliebt werden will, muss man darum kämpfen, davon war ich überzeugt!

Ich glaube wirklich, dass das der Zeitpunkt war, wo ich mich verändert hab; anfangs hab ich mich lediglich versteckt; war ich allein zu Hause, hab ich immer noch die vermeintlich unnötigen oder kindischen Dinge gemacht, die mir Spaß gemacht haben: Puppenhäuser gebaut, Bilder gemalt, gebastelt, rumgelegen, nachgedacht, geträumt. In Gesellschaft war ich so angepasst wie möglich, besser zu wenig Eigeninitiative, als etwas Falsches zu sagen; lieber anderen nach dem Mund reden, als abgelehnt zu werden.

Hat doch lange Zeit super geklappt, mit mir als Fassade zu existieren. Du warst zwar sehr einsam, aber allein sein mussten wir nie, es gab genügend Leute, die dich – oder besser: mich – nett genug fanden, um Zeit mit uns zu verbringen.

Über all die Dinge, die man halt einfach so macht, habe ich damals nie so richtig nachgedacht; ich habe es nicht hinterfragt und stets Zweckbeziehungen geführt, ohne mir dessen so richtig bewusst zu sein.

Wir sind davon ausgegangen, dass jeder das so macht, dass niemand es anders kennt.

Natürlich mochte ich meine Freunde, aber insgeheim wusste ich immer, dass sie mein wahres Ich nicht verstehen würden, und blieb auf Abstand.

Wenn es mal vorkam, dass jemand sich näher mit uns anfreunden wollte, habe ich die nötige Distanz gehalten, um vor Verletzungen geschützt zu sein und meine Ruhe zu haben.

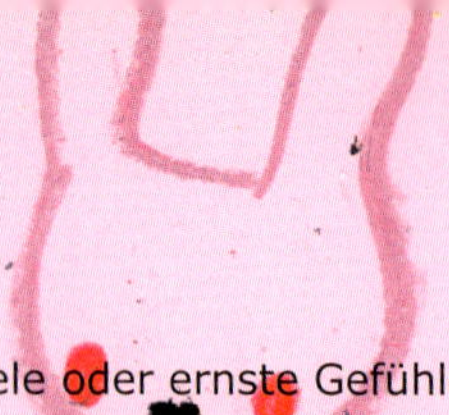

Ich habe nie wirklich viele oder ernste Gefühle investiert, denn dann bestünde die Gefahr, enttäuscht zu werden. Wollte ich mich mit jemandem näher anfreunden, haben diese Personen relativ schnell zu spüren bekommen, wie wütend und traurig ich wirklich war und dass meine Fassade nur aufgemalt war, um schöne Menschen anzulocken.

rejected

Schöne Menschen, wie sie einer war.
Erinnerst du dich? Weißt du noch,
wie sie dein Herz gebrochen hat?
Deine erste beste Freundin.

„Ich hab dich ganz anders eingeschätzt und das, was ich jetzt kennenlerne, mag ich einfach nicht." Das hatte sie mir damals geschrieben.

Du hattest dich ihrer
so sicher gefühlt,
sie gab dir alles und
nahm auch alles auf
einen Schlag wieder
zurück.

Ich hatte fast so was wie Liebeskummer.

Es war ein prägender Moment für dich, als sie mich ablehnte.

Ich könnte es nicht vergessen, ihre Ehrlichkeit war so wichtig für mich. Sie war wie ein kleiner Stern an meinem damals noch so dunklen Himmel und auf tiefergehender Ebene eine wirklich gute Freundin, auch wenn ich einiges erst später verstand.

kitty in the paper bag
kitty in the paper bag
while dumb ass classmates
are eating dumb ass lunch,
Saddy talks to kitty and
sniff meow

Erinnerst du dich daran, wie sie dich damals trotzdem noch ein letztes Mal mit dem Auto abgeholt hat, als du frisch mit Lucas zusammen warst und er dich vor die Tür gesetzt hatte? Oder als sie am Bahnhof auf dich gewartet hat, um mit dir über ihre Sorgen zu reden? Du hattest schöne und sehr ehrliche Momente mit ihr; sie war eine Bereicherung.. wenn auch nur kurz.

Das Gesetz der Anziehung ist irgendwie ein bisschen wie Magie.

Dein Umfeld und die Drogen haben dein Gehirn verkorkst; fuck, wir sind, glaub ich, wirklich auf der Schwelle zum Wahnsinn, wenn wir uns weiterhin so sehr verlieren. Glaub mir, ich meine es nur gut und will das Beste für dich!

Ich allein erschaffe mir meine Realität; durch meine Gedanken und mein Handeln beeinflusse ich meine Umgebung, positiv wie negativ.

Was soll das bedeuten; you get what you deserve? Wenn du nur ganz ganz fest daran glaubst, dass alles gut wird, und dich daran festhältst, dann wird es das auch?

Vielleicht, ja.

Niedlich. Du hast gar nichts unter Kontrolle.

Doch. Ich erschaffe mir meine Realität, ob ich das bewusst oder unbewusst mache, ist die Frage, und mittlerweile ist es nur noch eine Entscheidung, die ich treffen muss.

Ja ja, jeder von uns hat Verantwortung für die Realität, die wir alle gerade leben; i know, i know.

failed !! failed !!
i failed to forget
failed to quit
failed to be like you
failed to be like them
failed to love
failed to die argh
this is me
fuck you all
fuck you all!

Was wäre, wenn wir alle uns dazu entscheiden würden, dass wir zusammenhalten und einander helfen? Was wäre, wenn wir uns darauf einigen würden, dass jeder auf seine Art schön ist, dass wir ab jetzt alle nur noch liebevoll sind … und freundlich? Dass es kein *Ich und die anderen*, sondern nur ein *Wir* gibt? Was wäre, wenn wir Verständnis füreinander aufbringen könnten? Dann wäre das unsere Realität, von dem Moment an.

Die Realität ist das, was die meisten Menschen als ihre Realität akzeptieren – und genau das lebst du gerade! Sieh einfach ein, dass du diejenige bist, die falsch liegt und sich anpassen sollte.

Es tut mir leid, aber ich kann dich einfach nicht mehr ernst nehmen. Du bist so aufgeblasen, dass du mit Sicherheit bald platzt wie ein Ballon.

Etwas derart Hässliches hast du noch nie zu mir gesagt.

Du bist sterblich, es lohnt sich nicht, die in dieser Form so kurze Existenz an deine Komplexe und Schwächen anzupassen. Die einzige Möglichkeit, das System zu verändern, ist, das System nicht mehr zu unterstützen – es nicht mehr zu *sein*!

Du bist naiv und kindisch.

Ich habe einfach nur meine Hoffnung wiedergefunden. Im Herzen bin ich vielleicht ein Kind, aber Kindsein bedeutet für mich, immer noch von der Welt begeistert sein zu können, immer noch zu lernen und immer noch zu lieben.

Du wirst zu übermütig; nur weil du dich gerade wohlfühlst, kannst du doch nicht einfach all deine bisherigen Erfahrungen ausblenden! Die meisten Menschen meinen es nicht gut mit dir, die meisten Menschen sind beschissen.

Ich habe das Gefühl, ich könnte jeden mögen. Nur fühle ich mich in Gesellschaft leider meistens unwohl, weil viel zu vieles noch so oberflächlich und falsch ist.

So wie du zum Beispiel, niemand sollte dir vertrauen, und du solltest ebenso aufpassen, wem du vertraust! Alle wollen nur ihren eigenen Vorteil, vergiss das nicht!!

bad thoughts
bad thoughts
you're always
with me,
when i feel happy
when i feel warm
when i have hope,

Das, was Negatives in mir ausgelöst hat, kann ich nicht loswerden, indem ich diese von negativen Emotionen gefärbten Gedankenströme offen und ungefiltert zum Ausdruck bringe und zurückschieße. Jeder Einzelne macht einen Unterschied, egal, was er gerade macht, es hat Einfluss auf alles und Evolution ist vielleicht etwas, das wir bewusst steuern können! Und damit meine ich nicht unnatürlich eingreifen, sondern bewusst lenken …

bad thoughts
bad thoughts
You're always
with me,
and kill my happiness,
kill my warmness
kill my hope,
bad thoughts
bad thoughts
ah my bad thoughts

Jetzt ist's endgültig vorbei mit dir. Wo bleiben diese Weltuntergänge, wenn man sie braucht? Der Maya-Kalender endete doch 2012 schon!?

In vielen Religionen wird von einem Erwachen der Menschheit noch zu unseren Lebzeiten gesprochen, vielleicht ist das mit Weltuntergang gemeint … Seit einigen Jahren wächst und gedeiht das Internet; das riecht nach Veränderung.

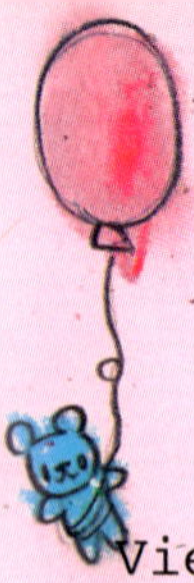

am WRON

bye my sadness

stay here my lonlines

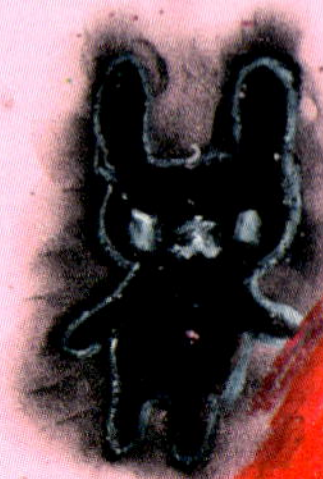

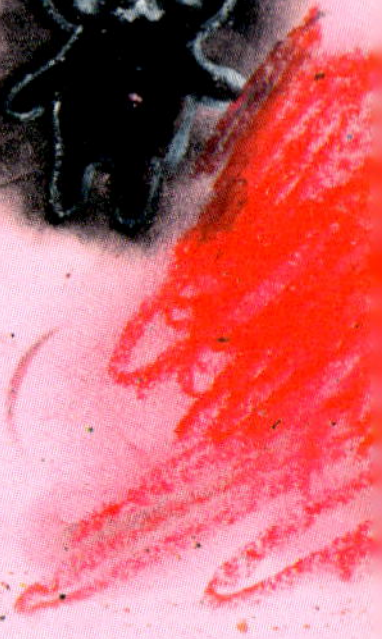

Vielleicht gibt es ja bald eine künstliche Intelligenz, die zum Wohle allen Lebens die Menschheit auslöscht. Das wäre schön.

Vielleicht ist es der Sinn meines Lebens ja auch, um mal etwas konkreter zu werden, das Leben an sich weiterzubringen. Vielleicht ist das der Sinn eines jeden Lebewesens; wir sind schlau genug, um mehr Arten als nur unsere eigene dabei zu berücksichtigen. Solange es Leben gibt, wird es auch immer uns geben. Wir bestehen aus Atomen, und wenn wir sterben, verteilen wir uns, zerspringen in all unsere Teilchen und werden zu neuem Leben; in allem.

Ich glaube, wenn wir sterben, werden es die alltäglichen Dinge sein, die unser Leben lebenswert gemacht haben.

Einfach nur existieren zu können, fühlen und denken zu können ist ein Geschenk.

Der Moment, wenn deine Lippen von eiskaltem Wasser benetzt werden, ist zum Beispiel einer dieser kleinen Momente, die schnell untergehen, aber wundervoll sind, wenn man sich darauf konzentriert.

Wäre man bei solch alltäglichen Kleinigkeiten immer bei der Sache und würde sich vollkommen auf den Moment einlassen, würde man das Leben nicht für so schrecklich selbstverständlich halten.

Ist doch schade, dass man die kleinen Wunder im Alltag übersieht, nicht?

Alleine schon, dass meine Brust sich wie von Zauberhand auf und ab bewegt, die Fähigkeit zu atmen, Muskeln zu benutzen, Melodien zu singen ... Es ist so wundervoll, ein Mensch sein zu können. Ich hoffe, ich werde es noch lange auskosten können.

Wenn jemand für seine Überzeugung gestorben ist, wie wichtig muss sie ihm dann gewesen sein?

Manchmal mag ich dich für deine Fragen.

Dito. Kann man in Amerika irgendwen wegen gebrochenen Herzens verklagen?

hide and seek
hide and seek
she hid my phone
hide and seek
hide and seek
i opened her dresser
and found her suicide note
fuck phone
fuck the world
i hugged her
im still hugging her

Mit einem guten Verteidiger kann man in Amerika wahrscheinlich so gut wie alles.

Wie bekommt man einen
guten Verteidiger?

Mit Geld; alles bekommt man mit Geld.

Verteidiger – vor was ist die Frage.
Vor was müssen Menschen sich verteidigen?
Voreinander?

So ein Schwachsinn.

i forgot what i was waiting for
but am still waiting
am still
dreaming

Warum werden Augen
im Alter
so blau und wässrig?

Oma hatte auch wässrige blaue Augen.

Ihre Fingernägel waren blau, als sie im Sarg lag. Ihr Gesicht war eingefallen, ihr Haar schütter. Wieso sehen Leichen nicht mehr aus wie die Menschen, die sie einmal waren?

Das Wesentliche fehlt: die Seele.

Wir haben Butterbrote mit Streuseln geliebt, weißt du noch? Und sie hat, immer wenn wir da waren, extra mit einem Messer von der guten dunklen Blockschokolade kleine Streusel für unser Brot gehackt – erinnerst du dich?

Sie hat sie in einem Glas mit Deckel im Schrank über der Küchenzeile aufbewahrt.

Damals haben wir immer dieses Kartenspiel mit Oma gespielt. Es war eine Art Rätsel, ein Puzzle. Man musste aus vielen Karten ein Bild zusammenlegen, das an allen Seiten zusammenpasste.

Wir haben es nie hinbekommen.

Als sie tot war, hast du dieses Spiel auf dem Speicher wiedergefunden, es mit in den Garten genommen und unter strahlend blauem Himmel gespielt. Plötzlich hattest du es gelöst, direkt beim ersten Versuch. Es war, als hätte sie selbst ihre Finger im Spiel gehabt, und das hat dich in dem Moment unglaublich getröstet, weil es wie eine Bestätigung für dich war, dass sie immer noch irgendwie da war.

So was ist magisch, nicht?

Wahrscheinlich kannte sie immer die Lösung des Spiels und hat sich für dich bloß dumm gestellt, damit du es alleine löst.

Sie war die Beste.

Weißt du noch, wie Momo aussah, als er tot war? Sie haben versucht, ihn so zu schminken, dass es nicht auffiel.

♥ i wuv funeral!! ♥

Er sah aus wie aus Wachs.

Hör auf, es dir
vorzustellen.

stole a coffin
[redacted] and tied it on skateboard
[redacted]
her brother tasted a wind
her brother tased spring

Es sind Nächte wie diese, die mich an allem zweifeln lassen. Kann *ich* zu sein in dieser Welt wirklich Spaß machen? Vielleicht belüge ich mich auch nur selbst und meine Hoffnung ist doch nichts als kindliche Naivität.

Ich brauche einen Zug; einen tiefen Zug, warmen Rauch, der meine Lungen füllt; nicht husten, lang drin behalten.. Es muss wirken, sich entfalten..

Vergiss es.

Vielleicht ist es schon zu spät.

Vielleicht bin ich auch zu früh.

Vielleicht sind wir auch einfach komplett wahnsinni

Diese Welt geht vor die Hunde, das steht fest.

Aber was kannst du schon dagegen ausrichten?

Woher weiß ich denn, dass nicht vielleicht alles genau so sein muss?

Eben, woher weißt du das?

need to escape
from myself
but i can't
i want to live
sorry fuckers

Es fühlt sich einfach nicht richtig an. Das muss doch was bedeuten? Dieses Bauchgefühl, mein Unwohlsein. Das muss was bedeuten.

Es muss einfach …

Dass du verdreht bist, bedeutet es.

Gib auf, du hättest es schon vor Monaten durchziehen und diese Welt einfach verlassen müssen. Hier ist kein Platz für dich, du wusstest das schon immer!

Ich habe vor Kurzem erst meine Liebe fürs Menschsein wiederentdeckt, wer weiß schon, wohin es mich noch verschlägt?

Vermisst du nicht schon die frischen Wunden an deinem Arm? Wie das warme Wasser der Dusche sie brennen lässt?

Manchmal.

Weißt du noch, als du einmal zu tief geschnitten hast und ganz überrascht darüber warst, dass dich das sogar kurz schockiert hat?

Das war das Leben, das in dem Moment in mir aufgeflackert ist.

Und die Verwunderung über dich selbst, dass du weitergegangen bist als sonst.

Es ist schon ziemlich bizarr, dass der menschliche Geist so umnachtet sein kann, dass man seinem Körper absichtlich Schaden zufügt.

Deine Narben erinnern an Zeiten, in denen dein Blut regelmäßig unsere Haut benetzt hat. Ich sehne mich nach der Klinge; so sehr, so sehr.

dead inside
yay
dead inside
but i know
i'm alive
inside of
"dead inside"
fuck you all
i'm here.

Manchmal denke ich, dass es leichter wäre, einfach aufzugeben. Ich kann mich mit all dem nicht anfreunden, nicht mal ein bisschen. Das ist mir so was von zuwider.

Gibt es denn irgendwas, was dir nicht zuwider wäre, Prinzessin auf der Erbse?

i walk
walk
bleed
bleed
walk
walk
to be happy

Ich weiß es nicht. Manchmal weiß ich nicht mehr, was real ist. Verliere ich mich zu sehr in meinen Gedanken?

Ja.

Suck at being someone
Suck at being me
Suck at dying

Ich wünschte, es würde aufhören.

Ha~ Du willst tatsächlich immer noch sterben.

Ich glaube, Menschen, die diesen Gedanken nicht nachvollziehen können, haben auch nicht tagtäglich das Leid der ganzen Welt im Hinterkopf.

ah~
life is hard~
because
I think
life is hard~

I'm alive
ha

Das ist eine Entscheidung, die du selbst getroffen hast.

Daran erinnere ich mich nicht.

my
life
is
mine

Die Masse ist dämlich, die haben bloß den neusten Gossip, Lottozahlen und Sportergebnisse in ihrem Hinterkopf.. Das war's.

so shut up
fuck you all~

Existieren tut weh.

Nüchternsein tut weh.

Ich wünschte, ich wäre high.

Du hast ihm versprochen, stark zu sein.

Ich weiß.
Scheiß drauf.

Ich möchte nur glücklich sein. Aber was brauche ich dafür schon großartig ... Liebe, Luft, Lebensmittel ... Ein Dach über dem Kopf, Freiheit.

Und vielleicht noch eine tolle Spielekonsole, coole Klamotten und sonstige Spielereien. Wie soll das funktionieren?

eye for an eye
i for i
I lie to myself
and smile
smile
smile
i i i i i i
there's only i
i i i i i i i
i'm selfish

Vielleicht bin ich einfach nicht dazu bestimmt, in diesem von Menschen ausgedachten System zu funktionieren. Es macht schon alles Sinn so, wie es gekommen ist, aber wir könnten eigentlich auch so viel weiter sein ...

Du bist eine defekte Maschine, das ist alles, hör auf, das so zu romantisieren, wie du es mit allem machst. Macht es das für dich erträglicher, dass du zu nichts zu gebrauchen bist und sich niemand wirklich für dich interessiert? Wir sollten es endlich beenden, es gibt so einfache und schöne Wege, diese Welt zu verlassen – wir schaffen eine schöne Atmosphäre, essen noch mal was richtig Leckeres, machen NEVERMIND auf Repeat an und spritzen uns 'ne Überdosis – friedlicher geht kaum! Ich will einfach nicht mehr. Ich will nicht mehr Teil von alldem sein; ich wollte es noch nie.

Hör doch auf, darüber bist du eigentlich schon hinweg.

Einen Scheiß bin ich, das redest du dir nur gern ein. Wir weigern uns immer noch, aber du musst erwachsen werden, das wusstest du immer! Entweder das oder sterben; triff endlich eine Entscheidung.

Nein. Das hat mit Erwachsensein nichts zu tun, sondern mit Aufgeben. Wer hat festgelegt, dass erwachsen zu werden bedeutet, stehen zu bleiben? Erwachsene leben zu oft in der Vergangenheit und verschließen die Augen vor der Realität – aber ich kann das nicht, mein Gefühl weist mir einen anderen Weg.

♪ Childish Gambino – Redbone ♫

full grown body
immature mind's coffin

S

~~don't wanna~~
can't
grow up,
i'm a coward
i'm a chicke

Viele Menschen vor dir sind nach ihrem Erwachen wieder eingeschlafen, eingeschüchtert von der Härte der Realität. Nicht jeder kommt darauf klar, die meisten verschließen freiwillig wieder die Augen vor der Wahrheit und sind zufrieden in ihrem Hamsterrad – du wärst es sicher auch, try it.

Diese Theorie mit den Indigokindern finde ich interessant.

Ja ja, so wie Harry Potter interessant ist, nichts als ein Märchen.

Ich mag es, verschiedene Theorien aus unterschiedlichen Lebensbereichen aufzunehmen. Erst wenn etwas faktisch zu beweisen ist, wird es fester Bestandteil meines Weltbildes; davor ist es eine inspirierende Idee, aus der ich eigene Schlüsse ziehen kann.

„Indigos kommen mit einem hohen Selbstwertgefühl und Erhabenheit auf die Welt, akzeptieren keine künstlichen Autoritäten und reagieren nicht auf Disziplinierungsversuche, verweigern ihnen unverständlich oder sinnlos erscheinende Handlungen, zeigen Frustrationen gegenüber ritualisierten Systemen, gelten als Querdenker, haben Schulschwierigkeiten, werden von anderen als dissozial wahrgenommen und haben einen hohen Intelligenzquotienten. Auch seien sie hypersensibel gegenüber chemischen Stoffen, beispielsweise in der Nahrung."

Hast du gerade Wikipedia zitiert?

`Was, wenn?`

the fuck ... kann ich theoretisch alles aus meinem Unterbewusstsein abrufen, was ich je gelesen habe?

`Ich kann mir nichts aus den Fingern saugen, was nicht schon vorhanden ist – ich bin schließlich mit dir verknüpft, also rate mal.`

Der Verstand ist das Werkzeug.

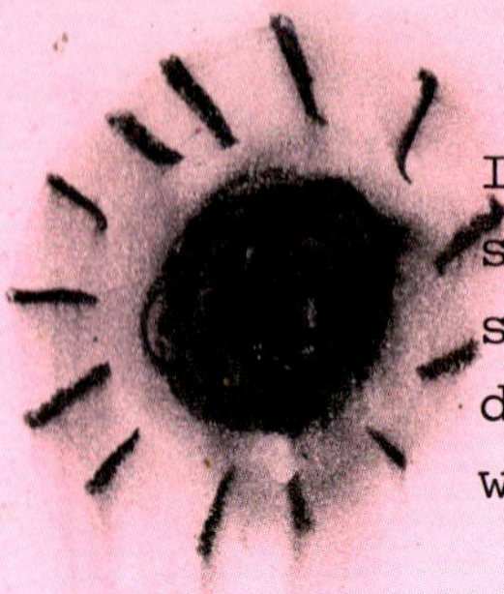

Ich weiß nicht, was ich von so weirden Theorie halten soll. Spirituelle Prozesse, das große Erwachen; blabla, was auch immer..

my existence hurts

Für mich macht es Sinn, dass immer mehr Kinder geboren werden, auf die all das zutrifft; einfach nur, weil die Welt, in die wir hineingeboren werden, schon so sehr fehlgeleitet ist, dass man es spüren MUSS. Kinder sind rein, mit was sie hier konfrontiert werden, an was sie sich anpassen müssen, ist einfach nur noch krank. Kinder würden auch niemals Tiere töten und essen, würde es ihnen nicht so beigebracht werden.

Du hast eben noch Chicken McNuggets gefuttert, weißt du noch? Schön mit Mayonnaise, mhhh..

Ja.

Als Kind war es immer was ganz Besonderes, zu McDonald's zu fahren, es war ein regelrechtes Event für dich! Eine Juniortüte mit einem Spielzeug, Nuggets, Fanta.. Da kommen Erinnerungen hoch!

Ich hatte als Kind keinerlei Connection zu dem, was alles dahintersteckt.

Willst du behaupten, dass du vor ein paar Stunden auch nicht wusstest, dass das geschredderte Babyküken sind?

Ich wusste es; ich habe es verdrängt und nun ist in meinem Bauch ein regelrechter Stein, ein nicht zersetzter Klumpen aus Leichenteilen.

LOSER

Yummy.

Ich kann das wirklich nicht mehr essen.

Du bist so eine Heuchlerin; Milch ist immerhin auf Platz 1 deiner Nahrungsmittel, lmao.

Auf Milchprodukte zu verzichten ist auch wirklich schwierig ... Joghurt, Butter, Sahne, Käse, Gebäck, Eis, ... Ich bin mit dieser Ernährung aufgewachsen, meine komplette Geschmackswelt ist darauf ausgelegt; das sind halt die Dinge, die ich gern mag.

fuck my memories
let me forget

Und dass massenhaft kleine Kälbchen dafür ihrer Mutter entrissen werden und Kühe wie am Fließband gewaltsam geschwängert werden, betrifft dich ja nicht, richtig? Dass der Klimawandel diese Welt fickt, juckt doch einen ignoranten kleinen Menschen nicht! Kühe geben eben nicht einfach so Milch, sondern nur, wenn sie schwanger sind – für ihre Babys! Ist das alles nicht komisch? Nein, nein! Dass sie qualvoll verrecken und eine von Leid geprägte Existenz fristen müssen, ist ja nur über Umwege deine Schuld, also Verdrängermodus: on.

Dass es absolut nicht zu meinen Moralvorstellungen passt, kann ich nicht länger leugnen, aber so eine Umstellung erfordert Zeit; was soll ich denn stattdessen essen?

Alles andere, oder eben gar nichts mehr; damit hast du ja Erfahrung.

Wofür das alles? Ich alleine mache keinen Unterschied. Nichts, was ich ändern könnte, würde irgendeinen Unterschied machen; ich sollte mir nichts vormachen.

Jaaaa, genau Pialein, die Ausrede der Schwachen, wie man es von dir kennt, haha! Was jucken dich außerdem andere Lebewesen, gawd~ du bist so lässig, wenn nötig, könntest du sogar easy selbst ein Tier schlachten, ist doch nix dabei, huh?

me and myself,
we broke up

sophie remembered she had to bath her penguin when she was eating nuggets

♪ DAT ADAM – Lennon 1 ♫

Oh mein Satan, wie sehr ich mich hasse.

Ich kontrolliere dich, merkst du es? Du merkst es, aber deine Emotionen lassen nicht zu, dass du dich von der Negativität abwendest. good, good; let the power of the dark side flow through you, junger Jedi.

Die Menschheit ist dumm. Man kann nicht schnell genug ausreichend viele Menschen auf die Probleme, denen wir uns stellen müssen, aufmerksam machen. Außerdem ist es ihnen schlicht und einfach egal. Sie stecken zu tief in ihrem eigenen konfusen Alltag fest; denken darüber nach, was sie zu Mittag essen–

my unacceptable shit goes on

–oder ob irgendein Promi-Kind sich die Lippen hat aufsprit-zen lassen. Und das ist ja noch das Schlimmste: Diese prominenten Vorbilder sind genauso dämlich und uninformiert, von denen nutzt auch niemand seine Reichweite, denkt nur an sich und sein eigenes vergoldetes Scheißhaus. Ein Leben in der komfortablen Blase.

eww

Diese Welt sieht mittlerweile so hässlich aus. Es ist zu spät.

Eine Schande. Dieser Planet hat so was Undankbares wie Menschen nicht verdient.

Wir sind uns einig.

Sag ich doch, immer wieder.

shit,
i'm still
me as fuck

Niemand will sich ändern, das ist das eigentliche Problem.

Du doch auch nicht. Menschen sind wie Heuschrecken, fallen über einen Ort her und ziehen zum nächsten, wenn alles ausgebeutet ist. Diese Welt ist nur so verkorkst, weil Menschen einen so kleinen Horizont haben, nur ihr eigenes Glück im Blick, die schnelle Befriedigung – auf allen Ebenen. Die Berater von Regierungen sind Großunternehmen, die ihre Industrie schützen wollen. Es dreht sich immer nur um Profit; Geld, Geld, Geld. Der Mensch plündert und beutet aus, getrieben von seiner unendlichen Gier, und sein Ziel ist unendliches Wachstum und Konsum.

how much do you need? what's all that for?

Geh zur Bank und frag nach einem Kredit, Geld entsteht in dem Moment aus dem Nichts, wenn du es mit Zinsen zurückzahlen musst.

Oligarchie.

Eigentlich mag ich dich, weißt du? Ich bin nur nicht gut darin, das auszudrücken.

Es ist gut, dass du in meinem Kopf bist.

Das 6. Massensterben findet gerade statt und Menschen sind dafür verantwortlich. Wir sind ein Mensch.

Ich habe keine Ausrede mehr. Ich muss mich meiner Verantwortung gegenüber dieser Erde stellen. Ich bin mit ihr verbunden, mit meinem Leben bin ich mit ihr verbunden. Wer ihr schadet, dem werde ich nicht gehorchen, ich werde gegen alles kämpfen, was sie zerstört.

Dann leg mal los, Catwoman.

Ich wünschte, alle Menschen würden endlich hinsehen und verstehen.

Was würdest du sagen, könnten alle dich hören?

Keine Ahnung, das ist schwer. Mit Worten zu kommunizieren, ist eine zu große Herausforderung, wenn man wirklich alle Menschen gleichzeitig erreichen möchte ... Nur ein kleiner Teil würde verstehen, was ich wirklich vermitteln will.

Stab fuckers with a skateboard
feed kitty

Gehen wir mal davon aus, jeder Mensch hätte eine Art emotionalen Übersetzer im Ohr, der ihnen das, was du sagst, durch ihren eigenen Realitätsfilter jagt.. Sprich: Sie könnten verstehen, was du meinst. Was würdest du sagen?

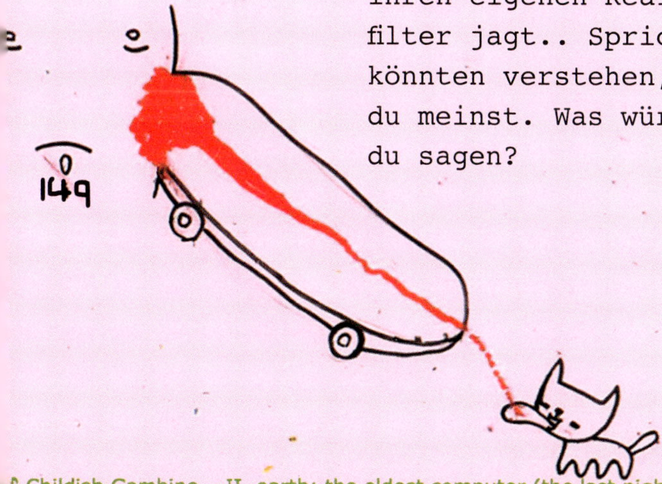

♪ Childish Gambino – II. earth: the oldest computer (the last night) ♫

Ich bin ein Kind der neuen Zeit und ich sage euch: Wir liegen falsch. Jetzt. In diesem Moment. Aufgewachsen im Internet, dem noch sehr jungen Gehirn der gesamten Menschheit, habe ich schon früh erkannt, dass wir in einer Matrix leben – von uns selbst erschaffen. Es gibt keine Verschwörung, wir selbst haben uns einfach nur verirrt. Ich koste die echten Früchte dieser Welt und weiß: Sie können nicht lügen. Das ist reine Chemie, Physik, Mathematik, Biologie; berechenbare und vorhersehbare Wissenschaft. Wir als Masse sind noch so unglaublich dumm, deshalb müssen wir auf die Wissenschaft vertrauen, weil die unser einziger Anhaltspunkt in dieser Reizüberflutung ist. Nirgendwo sonst steckt so viel Wahrheit drin; wir dürfen uns nicht bewusst oder unbewusst davon ablenken oder ablenken lassen und müssen endlich hinsehen und handeln!

Denkst du nicht, so was wie ‚Peace‘ hätte es auch getan? Übrigens ist das der perfekte Zeitpunkt, um dir noch mal ins Gedächtnis zu rufen, dass du Geld brauchst. Also, wofür entscheidest du dich? Oder gehen Indigokinder nicht arbeiten? So viel zu Wissenschaft, du Esoteriktante.

im still dreaming
it sucks
ha
i can't stop dreaming

Ich würde so gerne malen …

Ach warte, du bist ja ein Emissionskind, oder? Vor allem bist du aber zu mittelmäßig, zu langweilig, zu spät. Du hättest deine Kindheit damit verbringen müssen zu üben, dann hätte daraus eventuell was werden können.

too late
to smile
it's too late

Nichts anderes erfüllt mich. Immer wenn ich gefragt wurde, was ich mal machen will, sah ich mich in einem Atelier sitzen und malen. Aber ich habe mich nie getraut, das auszusprechen, weil es so unrealistisch schien.

Vielleicht wärst du sogar der geborene Künstler. Du bist sensibel, reflektiert, kritisch, kreativ, nachdenklich und scheiße.

Am traurigsten macht es mich, so viel in mir zu spüren, aber nicht zu wissen, wie ich es rausholen kann. Es steckt in meinem Kopf fest und beschwert meine Seele und ich kann es einfach nicht rauslassen; aber wenn ich das nicht schaffe, wird es immer da sein ... Das weiß ich.

Das ist nur so, weil du versuchst, mich zu ignorieren.

Künstler sind wie die Brücke zwischen den Erkenntnissen dieser Welt und der Gesellschaft. Einerseits reflektieren sie den Zeitgeist, andererseits nehmen sie auch Einfluss darauf und sind für die Heilung zuständig. Ihre Aufgabe ist es, aufzudecken und auszusprechen, was andere vielleicht nur unbewusst erahnen können.

Es geht um nichts weiter als um das persönliche und gesellschaftliche Wachstum, nicht?

Um Reflexion und um das Konkretisieren von allem, was um uns und in uns passiert.

Das bedeutet aber auch, dass die Künstler dieser Welt diejenigen sind, die die Gesamtheit erkennen, jegliche Aspekte dieser Gesellschaft beleuchten und sie in ihren Alltag integrieren—

–um daran zu arbeiten und aus ihnen emporsteigen zu können.

Ein Künstler wird also immer vom Leid dieser Welt begleitet?

Kunst schafft Klarheit und Ordnung, wo die meisten Menschen nur Verwirrung spüren.

Sinfu

Klingt ja alles super, aber ähh.. Reality Check? Auf welche ‚Künstler' in der heutigen Zeit trifft das denn noch zu? Diese Welt ist so verkorkst, dass ‚Stars' den Platz der Künstler eingenommen haben. Nichtssagende Fassaden, Werbeflächen, die Reichtum anhäufen und sich dem Konsum hingeben, nichts weiter als operierte Marionetten; wie Köder, die den Kapitalismus anfeuern. Kaum einer von den wirklich Erfolgreichen steht noch für irgendwas anderes als das. Die machen ihre Kunst nicht selbst, die erschaffen nicht mal ihre eigene Erscheinung selber.

being sad is sad

life is simple

153

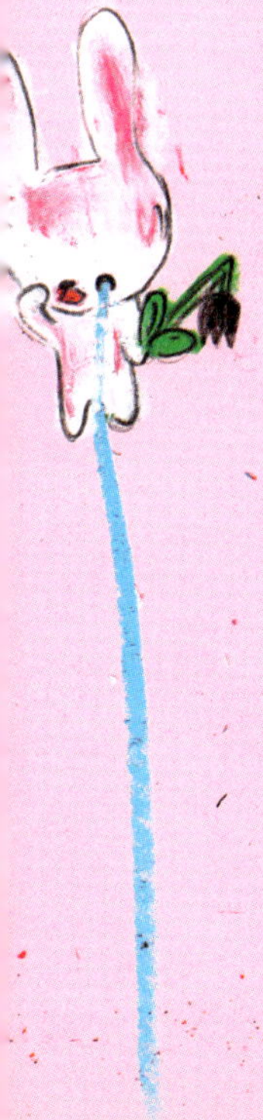

Aber sind das Künstler? Wenn das die Künstler unserer Zeit sind, zeigt das doch nur, wie wichtig es ist, zu kämpfen – für das Richtige.

Nö, das zeigt einfach bloß, wie zerstörerisch der Kapitalismus ist und dass alles sich nur noch ums Geld dreht. Vielleicht wärst du dazu bestimmt gewesen, ein Künstler zu sein.. In dieser Welt ist aber kein Platz mehr für echte Künstler. Wer sind die Menschen, mit denen du dich identifizieren kannst?

Meine Freunde.

♪ KOHH - Business and Art ♫

Ich meine, von wirklich bekannten Leuten! Blümchen vielleicht? Wie ein Boom- Boom- Boom- Boom- Boomerang–

Lennon

Wurde von einem verrückten Fan umgebracht, der locker auch angeheuert gewesen sein könnte.

Kurt

Kurdt hat sich entweder selbst umgebracht oder er wurde umgebracht. Aber egal, was wirklich vorgefallen ist, es kommt immer aufs Gleiche hinaus: Tod für den Künstler und Wahn, Hype, Geld, Gier und Macht für die Welt. Ego. Darum dreht sich alles. Künstler sind sensible Menschen, die dem Ausmaß dieser Zerstörung emotional nicht mehr gewachsen sind (genauso wie die Gesellschaft); alle sterben sie weg – das ist kein Zufall, weißt du? Es ist diese Welt, die sie krank macht. In Russland spielen Kids online ‚Синий кит' und stürzen sich in den Tod, um dem Leben zu enfliehen.

Das ist nur ein Hoax …

Eine urban legend?

Geld ist kein Antrieb eines Künstlers; Künstler dürfen nicht bestechlich sein.

Was, wenn sie es sind?

Dann sind es keine Künstler. Es sind lediglich Darsteller, die sich als solche ausgeben.

Es sind Menschen, die das haben wollen, was für einen wahren Künstler meist nur ein lästiges Nebenprodukt ist: fame.

Und dafür verkaufen sie ihre Seele – es macht sie aber nicht zum Künstler; jeder mit einem reinen Herzen spürt das direkt.

Sie selbst aber wohl nicht.

Ich sagte ja auch: Jeder mit einem reinen Herzen.

Jemand, der zur Verblendung der Gesellschaft beiträgt – bewusst oder unbewusst – und sich in ihrer Aufmerksamkeit sonnt, ist entweder blind oder verkommen;

aber gewiss kein Künstler–

–und ehrlich zu sich selbst schon dreimal nicht.

killer

Ein Künstler stellt sich seinen inneren Dämonen und wünscht sich die Heilung einer kranken Gesellschaft. Wenn man auf die Geschichte der Menschheit schaut, so waren es doch stets die Künstler, die objektiv, aber dennoch als Teil dieser Gesellschaft–

smoke dumped doll's bangs

(und somit emotional beteiligt)

see the nuggets [redacted]

eat the nuggets

–an die Gesamtheit gedacht haben.

I hate bad things

I love good things

they [redacted] died ha

cuddle [redacted]

a

bunny

♪ TJ_beastboy & Mary Man – Sean Connery ♫

i run away
i survive
So fuck you
ah!!

Dann willst du doch gar kein Künstler sein. In diesem Kopf zu existieren ist einfach nur anstregend, je mehr wir verstehen, desto schwieriger wird es, nicht durchzudrehen.

Das Schlimmste ist, nicht zu wissen, wie man sich authentisch nach außen transportieren kann.

Du weißt doch immer noch nicht, wer du bist und was du willst.

Wir leben in einem krankmachenden System und haben keine Philosophen oder Künstler an der Spitze, die uns den Weg weisen und Orientierung bieten.

Was willst du dagegen tun, auf die Straße gehen und Schilder hochhalten, auf denen steht „Unsere ‚Künstler' sind nur geldgeile, egoistische und narzisstische ‚Stars'"?

Ich weiß es nicht.

Was weißt du überhaupt? Und wie oft soll ich dir noch erklären, dass Menschen dumm sind und niemals verstehen werden, wo das Problem liegt? Mag ja sein, dass du neuerdings immer das Gesamtbild betrachtest und darauf basierend kritisierst; Max Mustermann von nebenan wird dieses Gesamtbild aber niemals begreifen können, weil er damit beschäftigt ist, 40 Stunden die Woche bei Burger King an der Kasse zu stehen. Solltest du also was gegen Burger King sagen, sieht er nur seine eigene kleine Welt bedroht, seinen Arbeitsplatz, nicht aber, w i e s o .

Wo soll das denn hinführen? Wenn Geld weiterhin alles bleibt, wonach Menschen streben,

und man sich die Frage stellen muss: Nutze ich andere Menschen aus und werde reich damit oder gebe ich mir den Stress und bilde mich weiter, gehe auf die Suche nach mir selbst, versuche wirklich, etwas zum Positiven zu verändern— und bewege mich damit dann eventuell am Existenzlimit-

Was kommt für egoistische Kleingeister dann wohl eher in Frage? Es - geht - *immer* - ums - Geld, wie oft muss ich dir das noch erklären? Egal welches gesellschaftliche Problem du unter die Lupe nimmst, überall ist Geld Teil des Problems.

annoy them
hen i do something
annoy them
hen i do nothing
annoy them
annoy them
i'm alright
i believe
i'm alright

im mine
fuku
oh oh yeah oh

Das ist übertrieben.

Bist du dir sicher? Überprüfe es, trau dich nur einfach mal, weit genug zu denken.. falls du überhaupt noch weißt, wie das geht.

wow
wow
yay
wow

Ich hab mich vergessen; vergessen, wer ich war, vergessen, was ich mag, zu sehr eingenommen von der Meinung der Allgemeinheit. Mit welchem Meinungsgewand passt man am besten rein und fällt am wenigsten auf?

Ach, besser zu gar nichts eine Meinung haben und den Kopf einziehen, geduckt durchs Leben laufen–

–und an Dingen festhalten, die sicher sin

Ein fester Job mit monatlichem Einkommen zum Beispiel, damit man für's Alter abgesichert ist. Wenn man alt ist, stecken einen die eigenen Kinder ins Altersheim, weil sie keine Zeit haben, sich um einen zu kümmern, und (sind wir mal ehrlich) weil die wenigsten eine enge Beziehung zu ihren Eltern haben. Na klar, jedes Jahr an Weihnachten und zu anderen Anlässen kann man sich schon mal für ein paar Stunden ertragen, aber sie bei sich wohnen lassen oder sie gar pflegen!? Dass jeder allein ist, ist eine Erkenntnis, die sich gefestigt hat, als M gestorben ist.

Da ist ein weiteres Mal alles in sich zusammengebrochen und die Welt ist über mir eingestürzt. Ich habe versucht, meine Gefühle auszudrücken, aber bin nur auf Mauern und Unverständnis gestoßen.

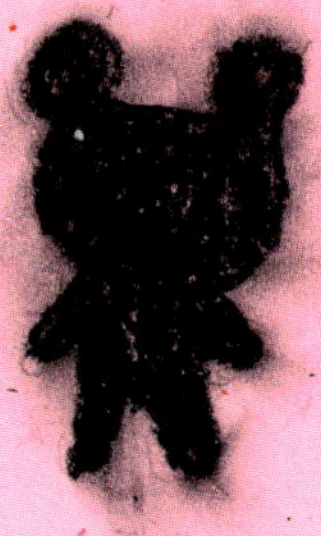

"my brain forgot to forget the things i want to forget"

Zu der Zeit schien uns die Freiheit nur im Tod zu liegen, und ich bin mir sicher, dass viel zu viele Menschen in unserer heutigen Gesellschaft solche Gedanken nur allzu gut nachvollziehen können.

Ungefragt werde ich in ein System hineingeboren und bin mit dem Tag meiner Geburt verschuldet, brauche Geld, um Teil der Gesellschaft zu sein.

Du hast es erfasst. Erkennst du jetzt, wieso ich seit Monaten mit der Frage dein Hirn durchbohre, womit du zukünftig Geld verdienen willst? Deine Ersparnisse sind fast aufgebraucht, schneller als erwartet, weil du alles mit deinen Freunden teilst.

Ich bin so gelähmt von der Welt. ich habe manchmal das Gefühl, all meine Energie geht allein dafür drauf, dass ich nicht durchdrehe.

Haha, sag ich doch~!

i have written a suicide note
it was like a love letter
i have written a love letter
it was like a suicide note
i dont know why
i dont know why
fuck off

Es gibt so viele Dinge, die ich tun könnte, stattdessen sitze ich nervös auf meinem Bett und lenke mich davon ab, gestresst zu sein.

Gestresst bist du, weil du weißt, dass es wichtig ist, an deinen Projekten zu arbeiten.

Nicht nur, um sie fertigzustellen, sondern auch, um besser zu werden und vielleicht irgendwann irgendwie damit Menschen zu erreichen.

Du hast dich gegen das sichere Einkommen als Grafikdesigner entschieden, um all deine Zeit unserer Kunst widmen zu können – so was funktioniert aber nur, wenn es genügend Menschen gibt, die sie unterstützen – und wen sollten deine Zeichnungen schon jucken? Der Markt ist übersättigt, es gibt tausende wie dich! Du schaffst es nicht mal, den Kontakt zu deiner Familie aufrechtzuerhalten und sie an deinem Leben teilhaben zu lassen, wie willst du es da schaffen, dass Fremde auf deine Arbeiten aufmerksam werden?

Es ist schwierig für mich, Kontakt zu Menschen zu haben, die in ihrem Alltag gefangen sind und immer nur über die blumig ausgeschmückte Vergangenheit und alltägliche Ärgernisse reden.

Ja ja, genau! Wir haben nämlich keine Zeit für Kaffeeklatsch und unnötig zeitfressende Telefongespräche.

Ich teile mein Leben nicht in Arbeit und Freizeit auf, ich arbeite den ganzen Tag und ich lebe den ganzen Tag. Ich bin nicht das Bild, das irgendwer in seinem Kopf von mir projiziert, ich bin nicht dieser Charakter in jemandes persönlichem Kosmos–

–der nur da ist, um seiner Rolle in fremden Leben gerecht zu werden und sich immer mal wieder mit freundlichen Grüßen bei ihnen zu melden.

Ob man blutsverwandt ist oder nicht, ist außerdem nicht entscheidend darüber, wer zusammenpasst.

Ich will niemals Teil einer Familie sein, in der man nebeneinander herlebt und sich bloß seine Fassaden zeigt.

Man sollte sich frei entfalten und nach den Menschen suchen, die einen inspirieren und tatsächlich zum Wachsen bringen.

Der Alltag der Zwangsgemeinschaften und allgemeinen Gesellschaft ist eine einzige Qual für mich. Geld verdienen, sich zusammenreißen, Arbeit, rumhängen, Valentinstag, Zeug kaufen, Restaurantbesuche, TV, Arbeit, Zeitschriften lesen, Geburtstag feiern, Arbeit, Social Media, TV, betäuben, Arbeit, irgendeine Feier, nicht nachdenken, TV, Social Media, saufen, ausschlafen, Leute treffen, saufen, ausschlafen, Internet, rumhängen, TV, ablenken, Geld verdienen, Geld ausgeben, Weihnachten, Ostern, Kommunion hier, Geburtstag dort, für diesen Anlass ein Kleid, ein neuer Fernseher müsste mal her, Grillen mit der Familie, Weihnachten, wieder ein Anlass zu saufen, das Hamsterrad der Befindlichkeiten.

All diese Feiertage sind okkulte Rituale.

Tiere und Pflanzen müssen zu allen erdenklichen Anlässen für Menschen ihr Leben lassen; man holt die Leichen in seine Wohnung, um sich an ihnen zu ergötzen und sich an ihnen zu laben.

i ruin
i ruin

ate mom

Ist es der Sinn des Lebens, glücklich zu sein? Und wenn ja, was macht glücklich?

im so glad she dont know
how to marry a half dead rich ass
old ass bastard
she can do it
cuz she's so pretty
im so glad she dont know
how to marry a half dead rich ass
old ass bastard
we are sharing cheap ass fries
i love her

Geld macht Träume wahr, deshalb ist Geld es wert, gejagt zu werden. Man kann nie genug davon haben, je mehr Geld, desto mehr Träume werden wahr = desto glücklicher ist man!

Was könnten das für Träume sein?

Hübsche Möbel, besondere Kleidung, aufwändige Essen, technische Geräte, ein großes Grundstück, ein geräumiges Haus, schicke Fahrzeuge Pflegeprodukte, Bücher, Dekoration, Zeug, Kram — auch davon kann man nie genug haben, man sollte sein persönliches Reich mit allerlei anhäufen, um sich als König in seinem Schloss sicher zu fühlen. Wenn man so viel hat, färbt das Gold ab, man hat viel zu bieten und es finden sich immer Menschen, die gerne Zeit mit einem verbringen.. Alle bewundern.. ja, alle lieben einen!

Aber verlieren all diese Dinge nicht viel zu schnell ihren Glanz? Sieht man seine Suche je als beendet an? Hat man je genug? Schaut man all diese Filme im Regal wirklich noch ein drittes Mal, oder hat man nicht eh schon zu wenig Zeit für all die Filme, Musik und Bücher, die man noch nicht kennt?

Wozu all dieser fancy shit? Bedeutet einem all dieses Zeug was, oder versteckt man sich bloß dahinter?

Braucht man einen Inneneinrichter, um seinen Wohnraum vorzeigen zu können, oder sollte er einen nicht viel eher selbst widerspiegeln? Und sind all die Stofftiere und Dekoartikel nicht eh einfach nur Staubfänger?

i bought this
bought that
but i have nothing
because
i have no one

Und ist es richtig, seine eigenen Kinder so sehr dem Erfolgsdruck dieser Welt auszusetzen, dass sie mit 6 Jahren schon Magengeschwüre bekommen? Wie viele Zeichen braucht es denn noch, bis ihr damit aufhört, ihnen Ritalin ins Maul zu stopfen und stattdessen endlich mal zuhört?

Der Sinn des Lebens ist Leben.

i was walking
i am walking
i was me
i am me

Wow.

♪ DAT ADAM & Matthew Chaim – Dog-eat-dog ♫

Ist nichts Neues, ich weiß. Keine geniale Erkenntnis, keine Überraschung, stammt auch nicht von mir, sicher schon oft gehört oder gelesen–

–aber wer auf dieser Welt sollte schon Anspruch auf irgendwas haben? Jede Erkenntnis gehört uns allen, das Vermächtnis der gesamten Menschheit ist das Erbe von jedem von uns.

Ich lebe, um zu leben, zu träumen, zu erschaffen, zu sein; und du auch, deine Mutter, dein Großvater – wir alle eigentlich.

Das würdest du gern, du wärst so gern ausgeglichen und ein echter Schöpfer, aber stattdessen presst du dich aus wie 'ne fucking Zitrone. Zeichnest du noch aus Leidenschaft, oder nur, um zu produzieren?

Ich weiß, der Stuff, den ich mache, ist real und einfach das, was wirklich so aus mir rauskommt; aber ich weiß auch, dass all das unter anderen Umständen – unter *besseren* Umständen – anders geworden wäre.

Wir sind blockiert von diesem Konstrukt des Geldverdienens.

Geld wird zu einer überlebenswichtigen Droge, je mehr man hat, desto sicherer fühlt man sich.

DOING NOTHINGLESS

Dann überlebt man nicht nur, man lebt in vollen Zügen, umgibt sich mit immer mehr Kram, in dem man bloß deshalb nicht erstickt, weil man sich ein riesiges Haus zulegt, wo man alles in riesigen, schlichten Schränken verstauen kann. Der Besitz wird eine Last und man baut eine hohe Mauer um seinen Garten, damit wenigstens die eigenen Kinder in einem Paradies aufwachsen können und nicht sehen müssen, wie verdreht und verkorkst hier alles wirklich ist.

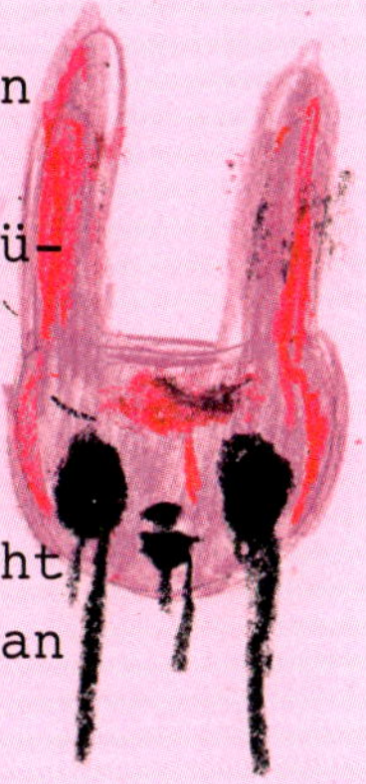

やだ
やだ

Man erschafft sich lieber eine perfekte kleine Insel und umgibt sich mit seinen Liebsten, als daran zu arbeiten, allen ein erfülltes Leben zu ermöglichen.

Please don't forget to forget me

Wirklich zu leben bedeutet auch wirklich glücklich zu sein; das erfahren nur diejenigen, die stetig an sich arbeiten.

Glücklich ist man, wenn man *jetzt* ist … Wenn man Liebe spürt, ausgeglichen ist, die Nahrung zu sich nimmt, auf die der Körper ausgelegt ist, anregende Gespräche führt, wohlwollende Ratschläge empfängt und sich geborgen und sicher fühlt. Wenn man das Wesentliche nicht hat, umgibt man sich mit allem anderen bloß, um den Mangel zu kompensieren.

fuck you all
i have to live

Man kann sich aber nur davon ablenken; man kann das Loch nicht stopfen, das ist das Problem.

♪ Kendrick Lamar - HUMBLE. ♫

Ich verurteile noch viel zu oft … Meine Schwächen sind auch deine Schwächen, deine Stärken auch meine, wir gehören eigentlich zusammen, sollten eine starke Gemeinschaft bilden … Stattdessen sind wir ganz viele einsame Inseln auf dem weiten Meer, die alleine kaum mehr als so gerade eben bestehen können. Wir müssen kein Festland erschaffen, es reicht schon, Brücken zu bauen!

Oder Boote. Ganz schön crazy, dass du Selbstgespräche in deinem Kopf führst, findest du nicht?

bought this
bought that
woo
cute things around me

Meine Gedanken auszuformulieren und sie im Kopf jemandem mitzuteilen hilft mir, sie zu manifestieren.

Du verschwendest viel zu viel Zeit mit so was.

Ist sie wirklich verschwendet? Seit ich verstehe, dass ich nicht dieses Bündel aus DNA, Erfahrungen und Eigenschaften sein muss, bin ich frei, und so sind es auch meine Gedanken. Natürlich trag ich all das mit mir rum, es beeinflusst meine Entscheidungen, aber das bin nicht *ich*.

i know
i'm still
ugly
shifty
selfish liar

Immer wieder schaffe ich es, dich (zäh und sprunghaft wie ich bin) zu beschweren, vollkommen einzunehmen und in vollen Zügen du zu sein.

Ich bin die Gegenwart, ein sich ständig wandelndes Lichtwesen, wenn man so will.

So wie alles, was lebt, nicht?

Man sollte dem kleinen *ich* in seinem Kopf zuhören, es jedoch auch nicht allzu ernstnehmen. Es ist sehr verbohrt und stur, hat seine ganz eigene Realität und lebt von Egoismus.

Das soll also ich sein, mh?

Und ich habe dir einen Namen gegeben, **myk☼**.

Das hilft dir, mich von dir abzugrenzen.
... und dich dennoch als Teil von mir zu lieben.

Wieso hasst du mich nicht?

Wieso sollte ich?

I want to feel nothing
but I feel this
feel that
hate myself
because I'm living
yea I'm living

i was talking,
talking to myself.
i am living,
living with myself.
don't tell me
what to do.
fuck you all.
i am living.

Weil ich dich immer
traurig mache.

Du machst mich aber auch immer
glücklich.

don't wanna
get over it
i wanna
live with it
and
be happy together

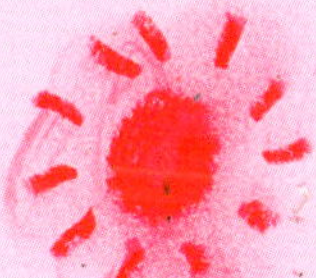

Ich liebe alles an dir,
was weh tut.

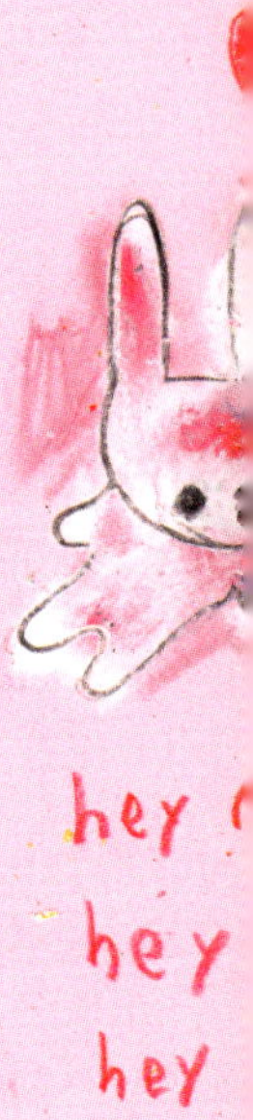

me and myself

someday we will forgive each other
Someday we will smile at each other
Someday we will walk together
in the sunshine.
fuck everything
this is our thing.
so shut up
leave me alone

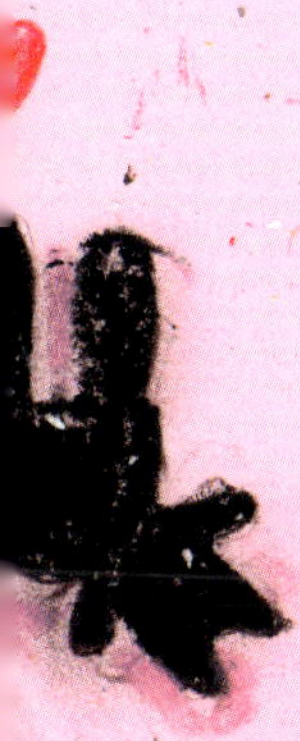

why are you me??
why do you hate me?!
forgive me

Du kannst nichts dafür, dass du so geworden bist. Das sind die Fesseln dieser Welt; sei nicht so hart zu dir, ich bin es auch nicht.

Du sagst immer, wir wären ein Kind des Internets. Ich bezweifle, dass Menschen wie unsere Eltern verstehen, was dieser Ort für uns ist und was er für die gesamte Menschheit sein könnte.

Damals haben sie es nicht verstanden.

Durch das Internet haben wir uns von der Realität entfernt, für unsere Familie war es nicht mehr als ein unnötiger Zeitvertreib, sich in diesen unendlichen Weiten aufzuhalten.

Mein Horizont wurde dadurch aber so stark und so rasant erweitert, wie es offline niemals möglich gewesen wäre–

–und plötzlich wird man immer weniger verstanden und hat immer seltener Lust dazu, sich zu erklären.

So was ist auch immer sehr kräftezehrend.

Für die meisten ist das Internet doch nur ein Ventil für ihren Frust. Du kannst sein, wer du willst, ohne dafür in Schwierigkeiten zu kommen – ein Paradies für kaputte Seelen!

Leute, die online andere Menschen sind als offline und unliebsame Teile von sich abspalten, sind schwache Persönlichkeiten.

ess sadness
dness comes
tch please tell me
before you come

eww, sadness
suddenly

Jemanden, der die Anonymität braucht, um sein wahres Gesicht zu zeigen und das Internet lediglich als Müllhalde für seinen Hass nutzt, kann ich einfach nicht ernstnehmen. Entweder ist das noch ein Kind, dann ist es irgendwie noch verständlich und ich ignoriere es einfach, oder aber ein unsicherer Erwachsener, dann gibt es keine Rechtfertigung dafür, seine Schwächen derart gesellschaftsschädigend auszuleben.

Ich finde es aber gut, dass das Internet all diese Abgründe der Menschheit offenbart; ohne die Online-Gesellschaft hätten wir einiges nie erkennen oder verstehen können, offline rennen nämlich alle mit ihren Fassaden rum und machen einen auf angepasst ...

Online haten sie dann als Ausgleich zu ihrem realen Leben rum, lassen all ihre angestauten und unterdrückten Gefühle raus, weil sie dort keine Konsequenzen zu erwarten haben.

Aber das ist ein Irrglaube, alles fällt stets auf einen zurück, denn dein Unterbewusstsein speichert es ab; zelebrierst du deine Schwächen, anstatt sie zu überwinden, weitest du sie nur aus und versinkst immer mehr darin.

Sagte ich doch bereits, du Pflaume.

Ich weiß nicht mehr … Macht das ständige Highsein mich nun nüchtern so traurig, oder war ich einfach immer auf dieser Ebene und schaffe es durchs Smoken, es zu verdrängen?

bye fuckers

Du musst endlich ein richtiger Boss werden. Wenn du in diesem System oben treiben willst, musst du dich durchbeißen und die Arschbacken zusammenkneifen. Durchhängen, in Gedanken versinken und sad sein ist nicht drin – work, work, work, work, work!

Ich weiß nicht, wann ich das letzte Mal nicht gestresst war. Ich komme kaum zum Atmen zwischen der Sorge um mein Einkommen und meinen kreativen Schüben. Es strengt an.

Und ich frage dich ein weiteres Mal:
Was weißt du überhaupt?

Dass ich das Richtige tue.

Woher?

Ich fühle es.

Dein Konto fühlt nicht so viel; Lucas hingegen kann sich mittlerweile bestimmt einigermaßen was leisten durch seinen *vernünftigen* Job.

Mein Exfreund verdient vielleicht mehr Geld als ich, aber mir gehört meine Zeit, das ist für mich der ausschlaggebende Punkt.

hey hey hey
i know about me
than you
shut up asshole
shut up
shut up
leave me alone

Wenn ihr euch nicht getrennt hättet, wärst du jetzt wahrscheinlich tot; oder zumindest nicht viel mehr als ein Zombie.

Was aber nicht seine Schuld gewesen wäre.

Schuld gibt
es eh nicht.

am sick of seeing
eyes died
am sick of feeling
am dying

Er war anscheinend zu der Zeit genau das, was ich gebraucht habe – er hat perfekt widergespiegelt, was ich selbst von mir gehalten habe. Aber irgendwann wollte ich nicht mehr dieses Mädchen sein.

Dieses misstrauische, ängstliche, unterwürfige, frustrierte Mädchen.

Mit dem richtigen Partner wirst du zu der Person, die zu werden du bestimmt bist: die beste Version von dir selbst.

Ich weiß doch, Dummerchen.

♪ Die Antwoord – I Don't Care ♫

i can se
ugly
i can se
ugly
ugly

am still searching
i'm alive

i'm stil

Ich bin so gestresst von den Erwartungen meiner Mitmenschen, seitdem ich angefangen habe, auf mich selbst zu hören. Ich merke erst jetzt, wie weit die Person, die ich dargestellt habe, von meinem wahren Selbst abwich – meine Familie muss mich so hassen.

Sie hassen viel eher mich. Sie hassen, was ich in ihrer Vorstellung (geworden) bin und vermissen unsere Fassade.

Ich weiß, sie wollen die alte Pia zurück, aber ich kann sie nicht finden. Sie ist nicht mehr da – in meinem Kopf, meine ich.

Sie war, glaub ich, sowieso nie wirklich da, in deinem Kopf bin nur ich; ich war immer ein Spiegel und auch mich nimmst du bloß schemenhaft wahr, ich bin wie ein Gestaltenwandler, die ganze Zeit in Bewegung und in einer stetigen Entwicklung.

Du hast schon so was wie ein ansatzweise manifestiertes Äußeres, dieses ändert sich zwar, aber es sind wiederkehrende Elemente.

Ist doch verrückt, was dein Verstand entstehen lässt, wenn du es ihm gewährst, nicht? Du hast übrigens eine Wimper im Auge, spürst du das Pieksen?

Früher hast du sie immer benutzt, um dir zu wünschen, geliebt zu werden; erinnerst du dich? Immer wieder, nie hast du irgendwas anderes gewünscht, bevor du sie hoffnungsvoll von deiner Fingerspitze gepustet hast. Einmal hast du dir sogar welche mit einer Schere abgeschnitten, um mehr Wünsche zu haben.

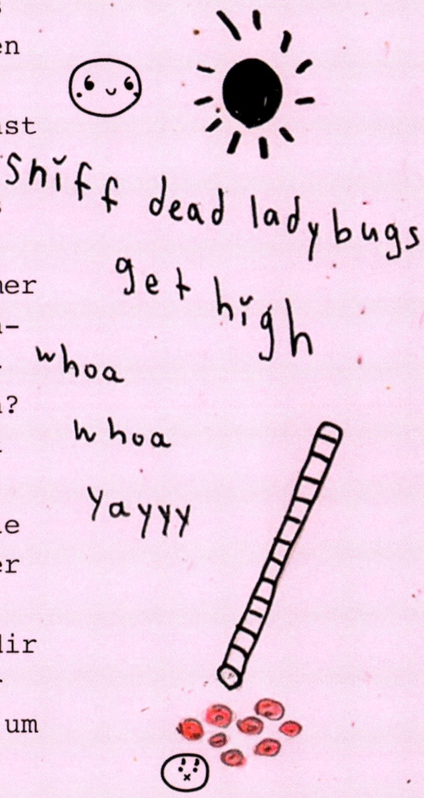

Und heute wünsche ich mir Frieden, **myk☮**.

Einfach nur Frieden.

Von einem Klischee zum nächsten, nicht?
du perfekter kleiner Sonnenschein.

Ich bin weit davon entfernt, perfekt zu sein. Ich war all die Jahre viel zu beschäftigt damit, meine Wirkung auf Menschen zu analysieren.

Du warst vor allem zu beschäftigt damit, dich an anderen zu orientieren, in verschiedene Stilrichtungen zu schlüpfen und zwanghaft zu versuchen, etwas eigenes darzustellen.

Ich habe nie bedacht, dass ich sowieso erst mal alles um mich herum auf mich wirken lassen muss, um zu begreifen, wer ich selbst überhaupt bin … Dann kommt der Rest von selbst.

Die Bilder in deinem Kopf entstehen einfach, du bist nur die ausführende Hand deines Hirncocktails.

Aber wie hätte ich es verstehen können, in dem Moment, wo ich es noch nicht besser wusste? All das braucht einfach seine Zeit.

im living
fuck you all
i hate everything
i want to live

Man muss sich erlauben zu wachsen, ja ja. ha. Du überlegst schon wieder, ihn anzuzünden? Ohja, du bist so was von süchtig.

Wohl eher für deine Störung.

Weed ist wie so 'ne Medizin für meine Hochsensibilität.

♪ DAT ADAM – Demons ♫

Ich meinte, wie ein Push davon, haha! Aber dafür kann ich high alles viel besser verarbeiten. Welche Pflanze hat mich nie im Stich gelassen und war im Gegensatz zu Menschen stets für mich da?

Ich dachte Erdbeere?

Erbeere musste ich zurücklassen,
ich habe ihn lang nicht mehr gesehen.

Où est ton papa?

Ach, **myk**☹... In was für eine Situation
bist du nur hineingeboren?

..Wir alle.

ah ♥ my memory

Normalerweise sollten Menschen einander nah sein, das wird doch besonders in Familien schlicht und einfach erwartet–

egal wie wenig man sich eigentlich zu sagen hat.

i just want to be happy

Sollte man es erzwingen, wenn man sich nicht danach fühlt?

ah bad memory

Du musst öfter nach draußen gehen, die Natur um dich herum spüren, so wie früher, als du ein Kind warst. Erinnerst du dich?

Da draußen ist doch überhaupt keine Natur. Ich geh nicht mehr gern raus, weil ich nicht gern anderen Menschen begegne. Ihre Aura zieht mich runter.

Du kannst nicht dein ganzes Leben lang allen Menschen aus dem Weg gehen. Nun bist du schon an dem Ort deiner kindlichen Träume und stellst dich immer noch so an.. Wenn du Veränderung willst, darfst du vor dir selbst nicht Halt machen, du scheiß Heuchler!

i hate my head

Ich bin müde. Ich hab keine Lust mehr.
Es macht keinen Spaß.

aHaha, got ya!

by the lake

ho did transplant me??

'm getting rejected.

my ass is getting stuck in the mud
cuz she's sitting on my skateboard
im me
she's her
we are us
we are seeing the dead flamingos
we are in the acid wind
we dont care anything
we kiss we breath
we are us fuck you

revenge on society
revenge on society
kill em all kill em all
revenge on society
revenge on society
[redacted] de de destroy them
de de decorate my head
revenge on society
revenge on society
revenge on society?!
No!! No!! No!!

Manchmal weiß ich nicht mehr, wohin mit meiner Trauer und Wut über diese Welt und ihre menschlichen Bewohner.

Wenn ich sehe, wie achtlos und ignorant sich die Mehrheit verhält, brodelt alles in mir und am liebsten würde ich ihre Köpfe gegen die Wand schlagen und schreien—

BIST DU EIN MENSCH, ODER BIST DU EIN MONSTER?

YÖR!

Dann erinnere ich mich daran, dass mich das auch zu einem Monster macht, und bin verzweifelt. Wohin? Wohin mit diesen Gefühlen? Manchmal ist es so viel, dass es mir den Hals zuschnürt und ich nicht mal mehr aus dem Fenster schauen will.

Du bist zu zart für diese Welt.

Ich bin nicht zart. Ich bin wütend. Es gibt Momente, in denen ich gerne jeden abschlachten würde, der ignorant seine Dummheit füttert …

So wie sie Rinder und Wale schlachten? Das bist nicht du, das bin ich, aber du bist ich und das wirst du niemals loswerden.

eyes!! eyes!! eyes!!
don't look at me
you look down on me
I look up at the sky not you
don't look at me
I hate you all

Ich wäre gern einmal in meinem Leben an einem Ort, wo kein Mensch im hörbaren Umfeld ist. Und dann würde ich alles rausschreien.

Was würdest du schreien?

ICH HASSE EUCH, ICH HASSE EUCH MENSCHEN! IHR ABSCHEULICHEN, VERKOMMENEN, EGOISTISCHEN, UND MIR SO VERHASSTEN FEHLER DER EVOLUTION!!

Du bist einer von ihnen, und das bin noch immer ich, die aus dir spricht, hihi. Dich selbst hasst du am meisten, diese Schuld..

Es gibt keine Schuld.

why my life is mine??
why
why
why??

Ich lasse dich nur das Schlechte sehen, nur die Heuschrecken-Menschen, nicht aber die Diamanten unter ihnen. Diese Welt macht dich verrückt, und du kannst es nicht mal auf die Drogen schieben, weil du vollkommen nüchtern bist.

Auf Drogen bin ich weniger verrückt, als wenn ich nüchtern bin. Wie soll ich darauf klarkommen? Das ist nicht der richtige Ort für mich. Nicht die richtige Gesellschaft. Nicht die richtige Zeit.

Das ist es bestenfalls nie.

Hmm. Sonst gäbe es ja auch nichts zu tun …

Ich bin aber immer hier, um dich aufzufangen, wenn ich dich zu weit in die Tiefe gerissen habe, weißt du?

Ja, ich weiß. In guten wie in schlechten Tagen.

Wieso besuchst du ihn nicht mal?
Familie bleibt Familie.

Weil ich ihre Dummheit nicht ertragen kann.

Du kannst ganz schön gemein sein.

Ich weiß.

Dein Hass spiegelt nur deine eigenen Wunden wider.

Deine Wunden. Meine einzige offene Wunde ist diese Welt / bist du. Ich habe über alles schon tausendfach nachgedacht, aber–

Nicht über alles.

Irgendwas willst du nicht loslassen. Etwas Dunkles. Vielleicht, weil ich noch nicht herausgefunden habe, was es ist …

Du weißt es bereits, du musst dich nur trauen hinzusehen.

Wieso sehe ich immer dieses Zimmer? Da ist eine Barriere, ich komme nicht weiter …

Grab tiefer, bohr weiter, schau hinter die Badezimmertür, öffne sie..

Ich kann nicht. Ich *will* nicht! Es macht mich nur krank, wenn ich ständig in meiner Vergangenheit herumwühle!

Irgendwann wirst du hinsehen müssen.

Ich muss gar nichts.

i just want to be happy
but everything makes me
puke,
i don't know why,
fuck you all

Tu nicht so, als würdest du irgendwas von dem verstehen, was hier abgeht.

Wenn ich eines verstehe, dann, dass ich und viele andere viel zu abgelenkt von dem sind, was wir wirklich sein sollten. Ich bin *jetzt*. *Jetzt* ist das, was den einzigen Unterschied macht. Wir leben zu sehr im Gestern oder im Morgen und vergessen, dass das, was wir jetzt tun, immer Einfluss auf alles nimmt.

Bringt das irgendwas, dir das immer wieder vor Augen zu führen und mantraartig runterzubeten? So motivationstechnisch?

ha
i
ha

Der Unterschied zwischen Tier und Mensch ist meiner Meinung nach einzig und allein der Verstand–

–daher sind Menschen, die ihren eigenen Verstand nicht benutzen (aber sich aufgrund der Erkenntnisse einiger weniger an den positiven Aspekten des Fortschritts bedienen), für mich wie Tiere, die sich der Folgen ihrer Taten nicht bewusst sind.

Wissenschaft ist nur dann erwünscht, wenn sie uns in den Kram passt. Wird es unbequem, ignoriert unsere Spezies sie nur allzu gern.

So wie du mich ignorierst.

Ich versuche rauszufinden, wer ich bin, nun, wo ich das, was ich war, überwunden habe. Der Trick ist, loszulassen; das Universum ist Chaos und man hat niemals die Kontrolle, man kann sich nur im *Jetzt* entscheiden–

–nur jetzt ändert alles; jetzt, jetzt, jetzt; blablabla, lalala, trallala, was hast du überwunden, hm? Was? Das ist die Unendlichkeit, dein brain auf repeat.

Jetzt ist alles, was wirklich greifbar existiert. Wenn man zulässt, dass das Chaos einen herunterreißt, ist man verloren. Diese Existenz als Ego zu leben, kann niemals wirklich erfüllend sein.

yep i'm not happy

hahahahaha
m still me as fuck
hahahahaha

Da gibt es aber Erinnerungen, denen du dich noch nicht gestellt hast. Ehe du das damals Verdrängte nicht fühlst, es nicht endlich zulässt, wird meine Wut nicht verschwinden.

Ich bin mir sicher, dass ich mir das nur einbilde. Wieso auch immer ...

"... i ...

... i want to die"

Du versuchst, mich hinter dir zu lassen, mich zu überwinden, mich vollkommen zu verdrängen – aber das geht nicht, du brauchst mich, um in dieser Welt zu überleben. Ich bin entstanden aus inneren und äußeren Umständen und die daraus resultierenden Verhaltens- und Denkmuster sind notwendig, um diese Welt für dich greifbar zu machen.

I do
w

bad pill met [redacted] gummybear
on the table

Wahrheit und Unwahrheit; *in einer Minderheit zu kämpfen bedeutet noch nicht, verrückt zu sein.*

they're fucking in my stomach

1984 von George Orwell, du solltest es endlich lesen.

bitch

im

motel

im

motel

bitch

Ich vermute, man muss den Weg immer irgendwie allein gehen ... komplett allein. Man hat natürlich Weggefährten, Menschen, die einen verstehen und unterstützen können, aber niemand kann die eigene Perspektive so nachvollziehen wie man selbst ... und jeder hat einen individuellen Weg, den er gehen muss; unterschiedliche Hürden, die überwunden werden müssen und eine eigene Reihenfolge und Geschwindigkeit.

Sind wir nun wieder an dem Punkt angekommen, an dem du deine gute alte zweifelnde Stimme im Kopf ignorierst? Du merkst doch selbst, wie du ohne mich nicht mal mit anderen Menschen reden kannst; würdest du mich komplett ablegen, wärst du nicht lebensfähig.

Kunst ist doch ein wundervoller Grund, zu leben.

Ich hasse es, wenn du das tust. Man sollte niemals seine wahren Emotionen und Gedanken unterdrücken, davon wird man erst wahnsinnig!

Man muss sich viel mehr um die Psyche der Menschen kümmern.

Dass in den Medien zum Beispiel immer wieder über schreckliche Morde berichtet wird, sollte uns zum einen daran erinnern, dass nicht selten sehr eindimensional berichtet wird; zum anderen aber auch an die Abgründe, die sich durch unsere komplizierten Gehirne nur allzu leicht auftun können! Deshalb.. hör mir zu!

Aber wenn man seinen Geist pflegt und offen ist, wird alles gut.

Woher wohl deine kindliche Naivität kommt, hast du die seither gehütet? Not bad.

Als Kind mochte ich es, bunte Farben zu tragen, verrückte Schnitte und auffällige Muster. Nur Aufschriften und Markennamen mochte ich nicht.

Ist doch irgendwie seltsam, wie sich heutzutage freiwillig alle branden, nicht? Sie sind stolz darauf, als Werbefläche von irgendwelchen Marken aufzutreten, denn damit sind sie aufgewachsen, ihre Vorbilder haben es ihnen vorgelebt.

Eine Zeitlang, als ich in die Pubertät gekommen bin, habe ich immer nur schwarz getragen. Ich dachte damals, da macht man nichts falsch, man kann easy alles mit allem kombinieren, man fällt nicht wirklich auf–

–und irgendwie mochten wir es auch.

Vielleicht wollte ich auch einfach eine undurchlässige Hülle kreieren.

Und immer wieder musst du alles überanalysieren, bist du wirklich so obsessed von dir selbst?

Es geht nicht um mich. Ich versuche – indem ich mich selbst besser verstehe –, Menschen an sich besser zu verstehen. Ich will zum Ursprung kommen, zu dem Grundstein meines Seins, zum Kern, zu meiner Seele, wenn man so will.

Gutes Gelingen.

become who you are born to be. a godess.

Wer hat das gesagt, etwa Lady Gaga?

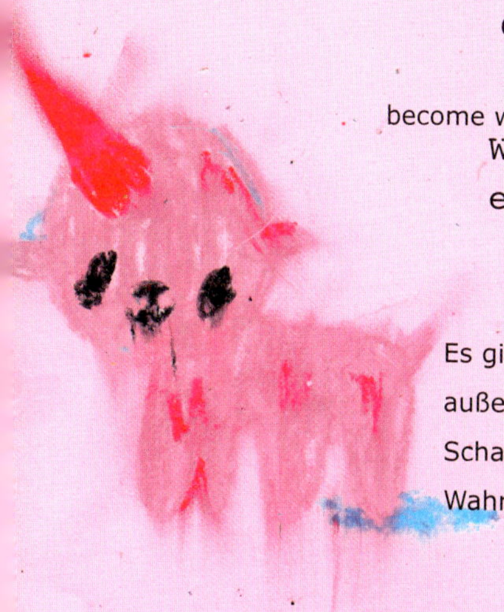

Es gibt zwei Ichs. Das, was man nach außen präsentiert, um reinzupassen – ein Schatten –, und dann ist da noch eine Wahrheit, die tief vergraben ist.

Und wo finde ich in dieser Gleichung statt?

difficult

Ich will das beides miteinander vereinen. Alles andere als ehrlich und ganz zu sein kann und will ich nicht mehr.

Es gibt sie schon jetzt, die Menschen, die auch in einer kaputten Welt wie dieser ihren Frieden gefunden haben.

Sie sollten dein Beweis sein, dass du es auch schaffen kannst – jeder von uns! Zieht raus und sucht eure Gefährten, ihr findet sie nicht immer in eurer Blutsverwandtschaft.

Wie erkennt man sie? Wonach suchst du? Mit wem möchtest du dich umgeben?

Mit Menschen, die keine Angst davor haben, sich ihren eigenen Dämonen zu stellen und diese auch anzunehmen. Ich möchte mich nicht länger mit denen umgeben, die nicht mal in ihre eigene Hölle gegangen sind, aber feige und kleingeistig mit dem Finger auf andere zeigen.

i'm a devil
i'm not sad
this is not sadnes
this is not sadnes

Wie Kinder, die niemandem auf Augenhöhe begegnen können, weil sie so sehr in ihrem eigenen Kosmos gefangen sind und von Vorurteilen blockiert werden. Beschreibst du dich selbst?

Es ist, als würden sie noch immer an der Nabelschnur hängen und könnten ihre Vergangenheit partout nicht ablegen.

Unterschiede sind ihr Feind, sie wissen sie nicht nur nicht zu schätzen, sie verachten sie sogar und sehnen sich nach Vereinheitlichung.

Sie haben Angst vor dem, was in ihnen schlummert, schämen sich für ihre wahrhaftigste Form, halten sich im Schatten auf und können niemandem verzeihen, am wenigsten sich selbst.

Die Welt, die sie umgibt, ist für sie in Stein gemeißelt, eigene Erfahrungen zu machen wird vermieden, sie überprüfen gar nichts und klammern sich stattdessen viel lieber an schon vorhandene Meinungen und Ansichten. In ihren Herzen brennt schon lange keine Flamme mehr, ihre Augen sind leer und ihr Auftreten verschlossen, sie folgen einzig und allein ihrem Verstand und glauben mit aller Kraft an seine Unfehlbarkeit.

Ich mag diejenigen, die nicht so arrogant sind zu glauben, dass sie jemals eine vollendete Form erreichen können.

Ich mag diejenigen, die Respekt für die Existenz und den Ausdruck anderer haben.. Aber du solltest auch selbst deinen Ansprüchen gerecht werden. Wieso bleiben so viele Menschen irgendwann stehen und hören auf, dazuzulernen?

Das sind diejenigen, von denen ich mich fernhalte, weil die Energien, die sie ausstrahlen, für mich wie Viren sind, die mein Programm infizieren. Ich sehne mich nach ehrlicher Konfrontation, nach intuitiven Entscheidungen, tiefschürfenden Gesprächen, bedingungsloser Liebe, Geborgenheit, kindlicher Neugier, begeisterter Offenheit und grenzenlosem Verständnis. Ich mag Menschen, die wie ich tiefe Brunnen haben und den Kontakt zum Boden nicht verlieren möchten.

Aber die zu finden ist schwieriger als gedacht, nicht wahr? Es gibt davon zu wenige, die meisten sind fucked up und verwirrt.

Ich würde gerade echt gern smoken.

Du bist süchtig.

♪ Kid Cudi – Swim In The Light ♫

I can not say "i love you"
because i'm weak
I can not say "help me"
because i'm weak

Ja, ich weiß.

Du gibst es also
endlich zu?

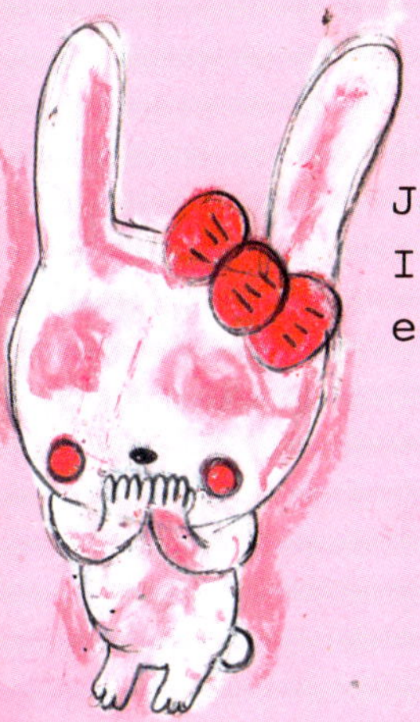

Ich wollte nie jemanden verletzen, alles, was ich sage, und alles, was ich tue, muss gesagt und getan werden.

Ja ja, rede dir das ruhig ein.
I can't help it, und das macht
es doch aus, dieses Leben.

Es passiert einfach, du kannst nichts daran ändern, weder an der Vergangenheit, noch an der Zukunft – du musst alles annehmen, wie es kommt, und das Beste daraus machen!

i can not say "i'm weak"
because i'm weak
so weak
so so weak

Hast du sonst noch irgendwelche
Ziele im Leben, abgesehen davon,
dich wichtig zu machen?

Ich möchte von allem, was mich umgibt, wissen, was es ist und wo sein Platz im Ökosystem ist. Je mehr ich weiß, desto mehr erkenne ich auch meinen eigenen Platz.

maggot on the dead girl's brain

dont worry girl
i will be a fly and
fly with your memories
dont worry girl
i can let you kiss the sky

[redacted]

to me

Was hält dich auf?

dont worry
i protect you

Der Drang, alles, was passiert, zu analysieren, und meine begrenzten Hirnkapazitäten ... Außerdem immer noch zu wenig Zeit.

Es passiert so viel.

Wenn ich eines nicht möchte, dann ist es, eines Tages aufzuwachen und zu erkennen, dass ich nie wirklich gelebt habe. Ich will *leben*. Und ich will, dass alle anderen auch leben können.

In letzter Zeit willst du einfach immer seltener in der allgemeingültigen Realität sein.

Ich fühle mich erschlagen von dem, was diese Welt von mir fordert–

davon erschlagen warst du, glaub ich, schon immer.

Die Erwartungshaltung meiner Mitmenschen, die Anforderungen der Gesellschaft und sogar die Notwendigkeit, mich um mich selbst zu kümmern ist mir schon zu viel. Ich will nur noch nachdenken, über alles.

Alles verstehen zu wollen kann wie eine nicht zu befriedigende Sucht sein.

uncomfortable

Es gibt nichts, was mir je so viel gegeben hat, wie Kunst zu konsumieren und auszuleben.

Du brauchst keine sozialen Kontakte, uns reicht eine Handvoll wahrer Freunde um uns herum, mit denen wir den Alltag und unsere Ideen teilen können.

Das ist für mich pures Glück, und ich versuche, jeden Moment in vollen Zügen zu genießen und meine Zeit nicht mit Dingen zu verschwenden, die mir das nicht geben können.

Hallo Arschgeige, hier spricht deine Vernunft! Auch du hast eine Verantwortung für deine Mitmenschen, und all das klingt schon ziemlich egoistisch.

NOBODY's happy BECAUSE OF ME

Ich bin zwar zu einer Einzelgängerin geworden, die sich vor allem verschließt und ihren eigenen Weg geht; aber nun weiß ich es eigentlich besser.

Außerdem ist das Mindeste eine vernünftige Ernährung und ausreichend Bewegung.

Dieser Körper ist mein Werkzeug und ich sollte ihn gesund und fit halten; dass ich mich stattdessen immer noch ausschließlich in meinem Kopf aufhalte und alles andere vernachlässige, ist nicht mehr tragbar. Ich muss etwas ändern. *Jetzt.*

yes are razor
oices are razor
miles are razor
ociety is razor
reality is razor
life is razor
everything is razor

Will dich ja nicht aus dem Konzept bringen oder Träume platzen lassen, aber *jetzt* solltest du erst mal schlafen, es ist nach 3.

Nah-uhhh~

he fact that i am a someone's
razor is razor
sorry for bleeding
sorry for making you bleed

♪ Bring Me The Horizon – Sleepwalking ♫

i want to be
strong and say
"fuck your feelings"
but i'm still weak
as fuck so please
let me say
"i'm sorry"

i'm sorry

ごめんなさい

my brain
blames
me

Hast du dir die Haare eigentlich abrasiert, um das Klischee einer 3rd-wave-Feministin vollends zu erfüllen, oder tatsächlich wegen des Tattoos, das viel zu viel von unserer rechten Schädelhälfte einnimmt?

Den Grund solltest du doch am besten wissen.

Du hättest nur dort rasieren müssen, wo die Chrysantheme hinsollte, stattdessen hast du nun gar keine Haare mehr auf dem Kopf. In jeder Hinsicht radikal, so kennt man dich.

So kennt man *dich*, meinst du wohl.

Ist doch ein und dasselbe, wer soll noch den Unterschied checken? :-)

Ich kann in dieser Gesellschaft funktionieren, wenn ich will. Das habe ich rausfinden dürfen, weil ich mit einem dicken Fell aufgewachsen bin und mich darunter wärmen konnte. Ich verstehe mittlerweile, dass ich das nur deshalb so lange konnte, weil ich all meine Energie in mein Ego gesteckt habe, in diese starke Hülle.

Einfach nur funktionieren, einfach nur reinpassen, einfach nur dazugehören. Wieso wiederholst du dich? Wieso lässt uns das nicht los?

Weil ich es noch nicht überwunden habe. Masken aufsetzen, um Teil von etwas zu sein – wahrscheinlich mache ich es immer noch, wenn auch unbewusst.

`Was willst du auch anderes tun? Um nichts anderes als Gemeinschaft geht es doch, sagst du schließlich selbst.`

sleepless night,
something
urhs inside me
It will destroy me
S It will kill me
but i love it woo
fuck you all.

Aber nicht so. Nicht so.

`Wie sonst? Irgendwie musst du deine Gedankenwelt doch nach außen übersetzen, um zu kommunizieren. Ist das dann automatisch eine Maske?`

Wenn ich anfange, mich zu öffnen, kommt durch meine Expression die schwache Seele in mir zum Vorschein, eine Seele, die zuletzt in meiner Kindheit an der Oberfläche war und es nicht mehr gewohnt ist, derart verletzlich zu sein.

Und deshalb kannst du nicht mehr so leicht in der Öffentlichkeit funktionieren, wie du es früher konntest?

Es fällt mir sehr schwer, in dieser falschen Welt eine echte Person zu sein.

i love her
i love to look into the gap of her teeth
darkest dollhouse
pink walls
today i found a dead moth in her mouth
i could not say anything
i love her
i protect her

Sag doch gleich, du bist hängengeblieben und sozial unfähig. Du hast deinen Witz und Charme von damals verloren, das ist alles.

im the first me
im the last me
im the only one
so what fuck off
i hate me

Here we go again.

Es wird niemals aufhören, das macht das Leben so aufregend! Das Abtauchen in den eigenen Kopf, das Untersuchen der mit der körpereigenen Kamera aufgenommenen Bilder, das Analysieren der Gespräche, die man geführt hat, das Verfolgen einer Idee. Ich. Ich bin es; um mich musst du dich kümmern. Ein Bündel aus Informationen, das dich optimal für deine Umwelt ausstattet. Du darfst mich nicht ignorieren! Ich bin vielleicht ätzend, gemein, fies und treffe auch noch immer ins Schwarze, aber ich verdiene es, gehört zu werden.

Du hast recht.

Ich weiß.

Ich wäre so gern immer zu 100 % ich selbst, sowohl nach innen als auch nach außen. Ich will immer geradeheraus sprechen und ehrlich sein, nur ist das nicht immer so leicht umsetzbar.

Sich auf Situationen einzulassen und dem Gegenüber in Gesprächen stets die Seite von sich zeigen, die mit seiner am besten harmoniert, bedeutet doch nicht zwangsläufig, sich zu verstellen.

Es ist einfach sehr kräftezehrend für mich, mich auf Menschen einzustellen. Ich mag es nicht, von mir zu erzählen und Einblick zu gewähren.

Erinnerst du dich, warum uns Momos Tod so getroffen hat?

Weil ich ihn erst nach seinem Tod wirklich kennengelernt habe.

Du bist mitten in der Nacht mit der Bahn zum Friedhof gefahren und hast vor seinem Grab im Schnee gekniet, erinnert du dich?

Als ich sterben wollte, hatte ich gar keine Angst mehr vor irgendwas, nicht mal vor der Dunkelheit auf einem nächtlichen Friedhof.

Fast wärst du von der Gleiskante abgerutscht, fast hättest du es gewagt, fast hättest du dich vorn-über fallen lassen, erinnerst du dich? Die Muskeln haben schon gezuckt, aber insgeheim hast du immer gewusst, dass dir das nicht die Erlösung geben wird, die du dir erhoffst.

Es hätte uns Momo nicht zurückgeholt.

Du hast dich damals mehr auf ihn eingelassen als jemals auf eine lebendige Person.

Ich hab die Tiefe seines Individuums erst da so richtig begriffen und verstanden, dass ich einen Freund verloren hatte.

Den einzigen. Und hat es irgendwen interessiert, hat es irgendwen gekümmert?

Wie hätten sie es verstehen sollen ...

Wir konnten wochenlang hungernd im Bett verbringen, und das Einzige, was du tun musstest, war, sie am Telefon abzuwimmeln – du erinnerst dich doch?

Jetzt bin ich stark genug, um mit mir allein zu sein–

–und um meine Einsamkeit zu ertragen; aber plötzlich wundern sie sich über mein Desinteresse, haha.

Es ist eine schwierige Situation, ich kann und will niemandem etwas vorwerfen, und wenn doch, dann auch mir selbst. Ich bin nicht unglücklich darüber, wie mein Leben verlaufen ist–

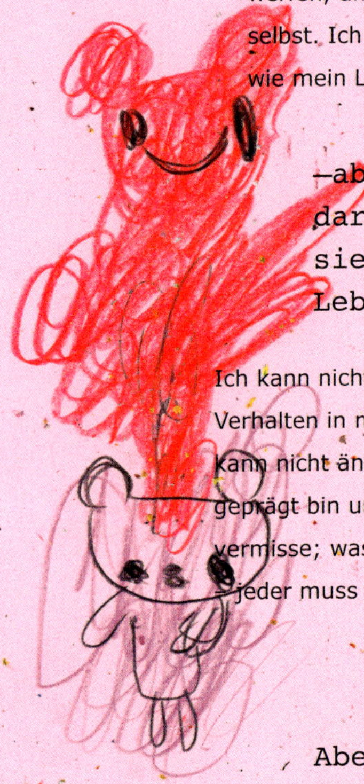

–aber andere sind es darüber, welche Rolle sie dadurch in deinem Leben verloren haben.

Ich kann nicht mehr ändern, was ihr Verhalten in mir hervorgerufen hat, ich kann nicht ändern, dass ich auf niemanden geprägt bin und somit auch niemanden vermisse; was geschehen ist, ist geschehen – jeder muss nun damit leben.

Aber du bist die Einzige, die damit *gut* leben kann.

bad memory, i don't like u

can you see me?

Ich war auch die Einzige, die mit der damaligen Situation *nicht* gut leben konnte; vielleicht ist das der natürliche Ausgleich des Lebens.

```
Gut leben.. Leben.. Vielleicht
solltest du einfach sterben, dann
wäre jeglicher Druck endlich ver-
schwunden!
```

i'm living.

Hör auf damit, **myko.**

Hast du mal in Betracht gezogen, dass Momo dich einfach nicht losgelassen hat, als er starb?

Manchmal, wenn ich auf meinem Bett lag, habe ich mir eingebildet, dass er der Luftzug ist, der meine Haut streift ...

Du warst bereit, ihm zu folgen, du hast fast jede Nacht von ihm geträumt, seine Ideale wurden die deinen, er war die schwarze Tinte in deinen Venen, erinnerst du dich?

Ich weiß nicht, was alles möglich ist. Die Traumwelt als Zwischenwelt von Leben und Tod halte ich für eine interessante Idee.

Bei dem Anime ‚Akame Ga Kill', der Anfang von Folge 5..

... Ja, richtig. Genau so war es, als ich das letzte Mal von ihm geträumt hab..

Er hat dir in diesem Traum so vieles beantwortet, so vieles erzählt – wieso weißt du all das nicht mehr?

Es ist fast so, als wäre es in meinem Unterbewusstsein verschlossen und ich noch nicht bereit dazu, es mit in dieses Leben zu nehmen – es steckt in der Zwischenwelt fest.

Du bist eine alte Seele,
was machst du hier?

Ich säubere die Erde.

Du und deine lustigen Ideen, das ist die niedlichste, aber auch pathetischste Erklärung, die du dir bisher ausgedacht hast. Wir haben also nur Depressionen, weil wir das Leid der Welt filtern und versuchen müssen, es in positive Energie umzuwandeln?

Wie war das noch gleich mit 2012 und dem Ende einer Welt, wie die Menschen sie kennen?

2000 sollte es auch schon zu Ende gehen, ich erinnere mich noch ganz genau an die Silvesternacht; ich habe einen Leuchtstab von der Bundeswehr in den Schnee gesteckt.

Vielleicht gab es ja auch so was wie ein Ende, nur eben anders als gedacht. Vielleicht verändert sich seitdem wirklich die Menschheit; Menschen werden insgesamt bewusster und intelligenter.

Vielleicht war es aber auch einfach nur Quatsch, wie man es von Menschen gewohnt ist. Mit was sollte dieser plötzliche Wandel und das Erwachen der Menschheit denn bitte zusammenhängen?

the thing that makes me unhappy makes my unhappine

Digitale Revolution.

bad shit grows
bad shit grows
i want to be happy.

Die Massen sind nicht bereit dazu, sich einem stetigen Wandel zu verpflichten – sie hängen viel zu sehr an Gewohnheiten und Traditionen – für eine funktionierende Gesellschaft muss man sich immer wieder selbst überwinden.

I dont wanna die
I wanna
eat fries
and do some
bad shit
and smile
ayee
ayee
ayee

Altes muss zerbrochen werden, damit Neues entstehen kann. Alles ist zu hinterfragen, immer wieder, vermutlich bis in alle Ewigkeit.

Was auch immer Ewigkeit bedeuten mag, halt einfach dein Maul.

Du hast dich immer noch nicht selbst überwunden, **myk✿**. Du bist in dich gegangen, hast deinen Dornenwald betreten und deinen eigenen Wahnsinn anerkannt – aber du hast ihn noch nicht losgelassen. All deine Wunden sind nun offen, Negativität trieft nur so aus dir heraus und das ist kein Wunder … Aber mach nicht den Fehler und bleibe auf dieser Stufe. Hier versinkst du bloß in schrecklicher Erhabenheit und arrogantem Zynismus. Du hast den Turm des Wissens hoch genug erklommen, um die Wolken zu sehen, bist jedoch noch nicht hoch genug, um darüber hinwegsehen zu können und gütig zu sein.

pregnant [redacted] nun on the skateboard
she stole crayons from kindergarten
[redacted] drew hell on
the cracked tennis court
made [redacted] satan cum
Satan's cum is rainbow
old ass prostitute saw
rainbow in her injector

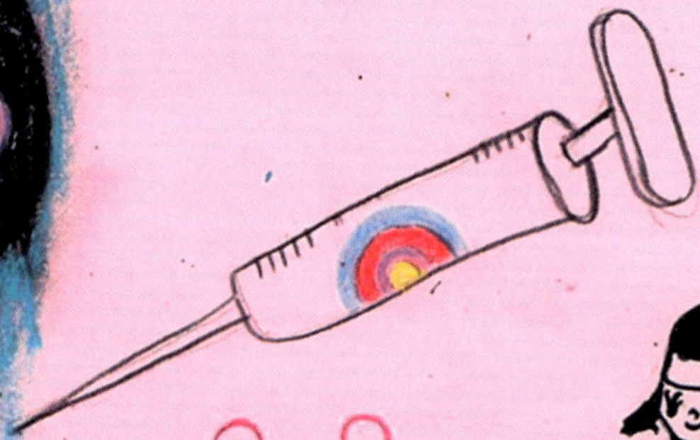

♪ 6LACK – That Far ♫

Nicht nur an das Gute zu glauben, es auch tatsächlich selbst zu leben? Hahahaha~

Du bist zwar schon ruhiger geworden, lässt deine Wut nicht mehr einfach so raus und die Abscheu liegt dir nicht länger auf der Zunge, aber der Ekel glitzert noch in deinem Augenwinkel. Ich erkenne genau, wie sehr du verabscheust.

Hätte ich ein Death Note, würde ich nicht davor scheuen, es zu benutzen.

Erst wenn du dich selbst überwunden hast, zeigst du deine wahre Schönheit. Böse zu sein ist einfach, ich erwarte von dir nichts als das Gute.

Wofür sollte sich das lohnen? Wie würde eine *schöne* Zukunft aussehen? Sag es mir, ich kann mir keine angenehme vorstellen. Meine Vision von der Zukunft besteht aus einsamen Seelen, Grausamkeit, Atombomben, Klimakatasrophen, Gier, Machtkämpfen, dem Einsturz des Geldsystems und dem darauffolgenden Chaos.

In meiner Zukunft werden alle Glaubensrichtungen zu einer allgemeingültigen Moralvorstellung verschmolzen sein, alle Hautfarben zu einem Ton vermischt, alle Lieder und alle Kleider werden ein zusammengemixtes Flickenwerk ergeben und alle Kulturen werden zu einer bunten, produktiven Gemeinschaft zusammengekommen sein.

Das könnte nur geschehen, wenn wir den Dummen auf dieser Welt die Hölle heiß machen und sie zum Teufel jagen, an den sie doch so gern glauben.

Du hast genug Lasten zu tragen, was nützt es, durch ein freches Mundwerk und ungefilterte, emotionsgesteuerte ‚Ehrlichkeit' den Hass der Massen auf sich zu ziehen? Wem nützt es? Geh einfach immer weiter und schau nicht zurück, mach dich auf die Suche nach dem Land deiner Kindeskinder, dort, wo alle Fehler der Gegenwart nur noch Teil der Vergangenheit sind, dort, wo dein Herz schon jetzt zu Hause ist. Viele haben Angst vor dir. Du denkst vielleicht, dass sie dich nicht mögen oder keinen Respekt vor dir haben, eigentlich haben sie aber einfach bloß Angst davor, dir aufmerksam zuzuhören.

Du bist eine Idiotin, weil du dir immer wieder die Lasten der Menschheit auferlegst und dabei die in deinem direkten Umfeld vergisst. Du liebst die zerstörten Seelen, weil sie so tief sind; wirst angezogen von ihren geschundenen Gemütern, ihren komplexen Gedankenwelten.. Ihre düstere Ausstrahlung ist dein Lockruf. Du erkennst dich in ihnen wieder, ist es das?

Wille ist alles. Willensstärke. Entscheide dich endlich dazu, zu handeln! Es zu wollen ist das, was dich von der ewigen Trauer befreien wird.

Du schaffst es einfach nicht, du schaffst es nicht, deinen eigenen Anforderungen gerecht zu werden.. Ich bin zu stark, du hast mich zu viele Jahre gefüttert und deshalb hab ich mich festgebissen. Mich zu bekämpfen ermüdet dich, und immer mehr verstehen zu wollen, wird zu einer zu umfangreichen Aufgabe. Aber du wolltest es so. Du warst es doch, die die Antworten auf alle Fragen haben wollte, wolltest dir jede noch so kleine Handlung ergründen und erklären können. Dann darfst du vor dir selbst auch nicht Halt machen! Du bist nicht fertig, ehe du jede deiner Schwächen ausgemerzt hast. Bist doch auch so todesmutig nach Japan abgehauen, ohne dir Gedanken zu machen.

Ich bin nicht mutig, ich kann nur gut verdrängen. Ich blende (so gut ich kann) im Alltag aus, welche Risiken ich eingehe, indem ich meinem Herzen folge. Würde ich das nicht tun, würden meine Vernunft und Angst mich zähmen und ich wäre todunglücklich.

hahaha...
my memory hurts me
my future hurts me

Unglücklich, weil du dich dann in Ketten legen würdest? Ketten, die aus den Erwartungen anderer geschmiedet sind? Scheiß auf sie, sie reden von dir, aber niemand denkt an dich. Sie zerreißen sich ihre Mäuler—

–und übersehen vollkommen, dass sie genauso glücklich sein könnten wie wir, wenn sie sich auf sich selbst einlassen würden.

Wir sind nicht glücklich. :-) Aber im Grunde sind wir es auch doch und das ist es, glaub ich, was sie am meisten zerfrisst. Jeder, der sich nicht traut, zu lieben, ist ein jämmerlicher Feigling; jeder, der es witzig findet, nach unten zu treten, ist ein erbärmlicher Schwächling; jeder, der sich am Glück anderer labt und in der Vergangenheit lebt, ist der Gegenwart noch nicht gewachsen und unserer Zeit nicht wert; denn jeder, der nicht denkt, ist nicht wirklich da.

Und jeder, der so vernichtend auf sie hinabsieht, ist nicht besser als sie. Wie soll ich es bloß schaffen, mein Licht zu behalten in diesen dunklen Zeiten? Ich weiß ja, ich leuchte denen, die nach mir kommen, denen, die wie ich allein in der Dunkelheit sind–

—damit wir uns finden.

Aber wie? Wie soll ich es schaffen? Wie soll ich in dieser Traurigkeit nicht ertrinken?

Es gibt zu viele Menschen wie dich, die immer nur Zuschauer bleiben und niemals selbst anfangen zu handeln. Sie trauen sich einfach nicht, lieber ergötzen sie sich an den Ideen und Taten der anderen, nicht wahr?

Kann man es uns verübeln? Diese Gesellschaft ist ein viel zu umfangreiches Konstrukt geworden, zu komplex, um es im Alltag wirklich fassen zu können, zu riesig, um mehr als nur ein kleines Zahnrad zu sein, das sich seiner Aufgabe nicht vollends bewusst ist. Wenn der Sinn fehlt, dann fehlt auch der Wille.

Du solltest kein Mitleid mit denen haben, die nie Mitleid mir dir hatten. Sie haben noch nie verstanden, wieso jemand, der so gesegnet ist wie du, das nötig haben könnte; weil sie dumm sind. Dass du genauso geplagt bist wie sie, fällt diesen dünnen Seelen im Traum nicht ein.

how to be happy

Mich hat immer gestört, dass man Menschen, die von der Gesellschaft als bevorteilt wahrgenommen werden, nicht zugesteht, unglücklich zu sein. Jeder trägt sein eigenes Paket.

Du hast gut reden, als europäisches, weißes, alles in allem total durchschnittliches und christlich erzogenes Mädchen aus guten Verhältnissen ;-)

Ich finde es merkwürdig, in diesem Körper zu stecken – er sagt auch einfach nichts über mich aus.

Als Kind fandest du dich niedlich.

Ja, ich erinnere mich.

Du erkennst deinen Körper doch als den deinen an und magst ihn!?

Aber ich sehe mich nicht darin. Das bin einfach nicht ich, nicht wirklich.

Bist du jetzt etwa auch noch geschlechts- und genderlos, du zwanghaft besonders sein wollendes Opfer des Systems?

Als Kind habe ich mir sowohl Socken ins Unterhemd als auch in die Unterhose gesteckt und mich dabei im Spiegel betrachtet – einfach nur, um zu simulieren, wie ich erwachsen als Mann oder Frau aussehen würde. Ich hab mir nicht großartig was dabei gedacht, ich mochte es, mich ganz klischeehaft in die Rolle der großbrüstigen Tussi zu verwandeln, genauso wie ich gern mit ausgebeulter Unterhose den frechen Kerl gemimt hab. Ich wusste, dass ich ein Mädchen war, ich wollte nie wirklich was anderes sein, aber besonders viel bedeutet hat es mir, glaub ich, auch nicht. Irgendwann habe ich mich dann von der Gesellschaft sehr in die weibliche Schiene und ihre Schönheitsideale pressen lassen und wollte nach außen hin klischeehaften Erwartungen gerecht werden; meine ganz persönliche Wahrnehmung von mir selbst war jedoch immer neutral und nie wirklich davon beeinflusst. Ich definiere mich irgendwie über gar nichts, was die Gesellschaft uns lehrt. Ich habe rein biologisch betrachtet einen weiblichen menschlichen Körper und das ist auch vollkommen in Ordnung für mich.

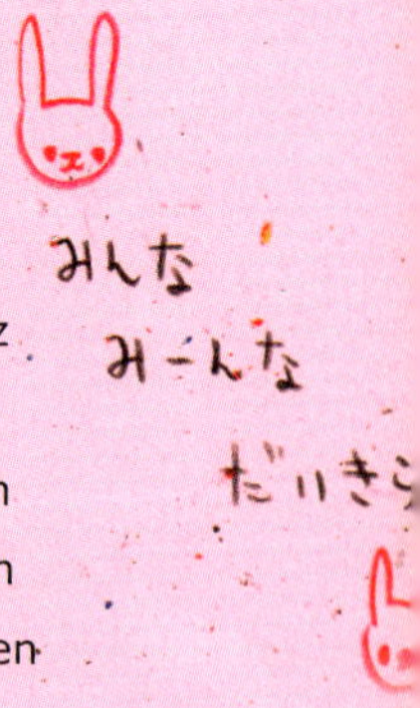

In deiner Pubertät war dieser Körper alles andere als in Ordnung für dich.

Aber nur, weil ich an meinen Kinderkörper gewöhnt war und mich in dem wohlgefühlt habe. Als er sich verändert hat, hab ich mich nicht mehr darin sehen können; das Geschlecht war dabei nie entscheidend für mich, ich finde menschliche Körper generell irgendwie seltsam und nicht sonderlich ästhetisch.

Vermutlich siehst du dich schon irgendwie als Frau, wenn du damit kein Problem hast, nicht?

Am meisten erkenne ich mich in meiner Kunst wieder; das bin wirklich ich: Was ich erschaffe. Mein Körper ist nur ein zufällig entstandenes Werkzeug, auf das ich keinen Einfluss habe … Und wenn ich so zurückdenke, habe ich über meine Sexualität genauso wenig nachgedacht wie über mein Geschlecht.

Du bist irgendwann davon ausgegangen, dass du immer nur in Jungs wirklich verknallt warst (denn so ist das ja nun mal bei Mädchen, die lieben Jungs; und Jungs lieben Mädchen) ?.~

Mittlerweile schließe ich es nicht aus, dass ich mich damals auch in die ein oder andere Freundin verguckt haben könnte. Ich verliebe mich schließlich in die Seele, nicht in den Körper, nicht in das Geschlecht …

..oder gar in Geschlechts*teile*.

Ich habe nie verstanden, wieso man für Liebe konkrete Bezeichnungen und Schubladen braucht, ich hatte auch nie das Bedürfnis, mich nach außen hin dafür stark zu machen, auf dies oder jenes stehen zu dürfen.

Du siehst aber schon auch einen Sinn dahinter, genau das zu tun..

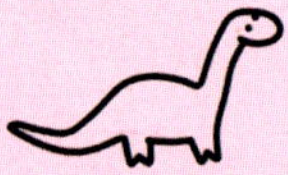

Aber in meiner Welt war es immer eine Selbstverständlichkeit, und daher habe ich einfach ausgesehen, wie ich aussehen wollte, und sweet gefunden, wen und was ich nun mal sweet fand – y'know?

Alles kann so simpel sein.

Wenn wir aufhören würden, uns aufgrund bedeutungsloser Begrifflichkeiten unnötig von anderen zu distanzieren ...

Dann würden wir uns alle viel besser verstehen, nicht? Es wäre unkomplizierter. Wir sind gar nicht so verschieden, wir und die anderen.

Im Kern sind wir gleich;
wir alle wollen Liebe.

Aber was ist mit bösen Menschen?

Oh **myk**♡, böse werden kann man nur durch die Abwesenheit von Liebe; Schaden richtet man nur dann an, wenn man verzweifelt das kompensieren will, was die fehlende Liebe hinterlässt; füllen kann jedoch nichts dieses Loch, das weißt du doch, nicht auf Dauer, nicht wirklich.

fuck everything
i hug her from behind
found a bugbite on her nape
i hug her from behind
we have nothing
we are the everything
we are our everything
so im not sad
Yea im not sad

Du bist lächerlich, überheblich, arrogant, peinlich und zum Kotzen.

Als multisensorischer Mensch müssen wir anfangen, authentische Macht anzuerkennen.

Was soll das jetzt heißen?

Dass das Leben in uns vor unserer Geburt schon war und auch nach unserem Tod nicht vergehen wird, ich werde nur meine Form ändern. Als fünfsensorischer Mensch ist Macht für dich lediglich ein Werkzeug, um zu manipulieren; ich jedoch bin ein Bürger dieses Universums und das Leben kommt an erster Stelle, alles andere hat keine Priorität.

Du bist verwirrend und nicht so smart, wie du denkst, Miss Oberschlau.

Aber schlauer als gestern.

do your best don't worry be happy.

myk⚛, es stimmt mich traurig, dass du eigentlich schon lange verstanden hast, dass du selbst die Veränderung sein musst, die du dir für diese Welt wünschst, aber es noch immer nicht vollkommen begreifst. Du weißt es, ich habe es dir im Schlaf zugeflüstert, und doch lässt du nach wie vor deine Wut und Enttäuschung über diese Welt niederregnen und wunderst dich über dein Versagen. Manchmal siehst du für mich aus wie ein verkümmertes, dürres Wesen, was sich in all dem Leid der Welt wälzt und jede Sekunde dafür Schmerzen ertragen muss.

Was tust du mit mir?

robbed a bank
bought ferrari
but i cant go anywhere
cuz cute ass kitty is
under my ferrari
i robbed a bank
i bought a kitty's roof

my future??

♪ TJ_beastboy & Mary Man – Insomnia (+ Navy Westghost) ♫

Was tust du mit mir? Du hast dieses Leben, und anstatt etwas daraus zu machen, schlägst du bloß um dich; du kämpfst, obwohl du weißt, dass du so niemals Frieden finden kannst.

Ich will Menschen mit ihren Fehlern konfrontieren, genauso wie du mich mit meinen konfrontierst.

Sei ehrlich zu dir selbst, schau in dich hinein! Ich weiß, damit hast du schon angefangen.

NEin, ich will schlafen!

Schwächen sind in Ordnung, nicht an ihnen zu arbeiten, ist es jedoch nicht.

Ich bin zu müde, lass uns schlafen, du kannst mich nicht ändern; ich weiß, wenn ich manipuliert, belogen oder hinters Licht geführt werde.

Ich habe das schon immer gewusst, deshalb hat es auch nie bei mir gezündet. Eine Zeit lang dachte ich, ich wäre nicht ganz dicht.

Ich war es, die das dachte.

Genau, richtig.

Dabei habe ich gut daran getan, auf mein Gefühl zu vertrauen.

If I see integrity and heart in you, you got all my respect; dishonesty and greed is fear, the fear of not getting enough, and you can not hide that from me.

Hast du deswegen so viele Menschen aus deiner Vergangenheit links liegen lassen, weil sie nicht ehrlich waren? Ehrlich zu wem? Zu dir?

Zu sich, hauptsächlich.

Komm schon,
als wärst du
besser!?

Ich kann meine Zeit nicht mit Unehrlichkeit verschwenden.

existential anger, weil du diese Krebsgeschwüre der Gesellschaft erkennst.

Das war mein schlechtes Gewissen. Ich spüre, welche Gefühle und Gedanken sie auf mich projizieren; ich fühle es rund um die Uhr.

Du wiederholst dich
und die Grenzen
zwischen dir und
mir verschwimmen
aaaaaaall the time!

i hate my feelings
but everything i feel is
everything to me
so i hate everything
fuck you all

Ich will noch immer keinen Tag unbetäubt sein, es stimmt … Wache ich benommen vom Rausch der vergangenen Nacht auf, wünsche ich mir nichts sehnlicher, als sofort wieder drauf zu sein. Ich schwöre dir, ich ertrage diese Welt nicht. Ich will's einfach nicht mehr sehen.

appy
nd
orget me

orget me
and
be happy

Eben noch hast du so große Töne gespuckt, die wundervollsten Utopien gingen dir durch den Kopf und du warst das Licht selbst – traust du dich überhaupt, dir das selbst alles zu glauben? Und wenn du selbst es nicht kannst, wer soll es dann können? Heuchler.

e

ye

I don't need your help. fuck U

i found myself
it sucks ha

everything's my ~~fault~~ fault
I know
I know
everything's my fault
so shut up
shut up
shut up
shut up
fuck you

Man muss einfach rausfinden, wer man ist, was man kann, worin man aufgeht, was einen glücklich macht – und das muss man dann nutzen, um selbst Schöpfer zu sein.

‚einfach'

Der menschliche Verstand ist momentan noch ein Gefängnis. Wir sind intelligent genug, um hinterfragen zu können, aber immer noch zu dumm, um vollkommen begreifen zu können. Außerdem verstehen wir, dass wir sterblich sind, und das in Kombination mit all unseren Lebensumständen und offenen Fragen kann einen schon echt wahnsinnig machen, wenn man immer wieder darum kreist. Wir sind auf der Spur unserer eigenen Existenz, aber es ist zu weitreichend, um es vollends begreifen zu können!

Wie privilegiert kann man eigentlich sein? Ist dir klar, dass die wenigsten überhaupt an den Punkt kommen können, über so was nachzudenken und es als wichtig zu erachten? Für dich ist das alles so selbstverständlich, du bist einfach nur undankbar und arrogant; eine überhebliche Kleinstadtbürgerin, die nie wirklich erfahren hat, was Schmerz bedeutet. Ja ja, du bist so verdammt gut weggekommen, nicht wahr?

Weichst nicht großartig von der Norm ab, bist einfach nur ’n bisschen hypersensibel und wagst es, verträumt in Gedanken zu schwelgen, während sogar da draußen, direkt vor deiner Tür, im modernen Tokyo, Leute erfrieren, weil sie ihren Job verloren haben, kein Zuhause mehr haben, sich sozial nicht mehr einfinden konnten, niemanden haben, alkoholsüchtig sind und keinen Ausweg mehr sehen.. the spiral goes downwards; verstehst du, was ich meine? Vielen reicht es schon, warm eingepackt durch die Stadt laufen zu können, um sich geborgen zu fühlen.. Und du liegst hier und beschwerst dich; vergisst dabei vollkommen, dass nicht alle Menschen so gesegnet aufgewachsen sind wie du, du nichtssagender Möchtegern auf jeglicher Ebene.

Niemand kümmert sich ausreichend um die, die das System aussiebt.

In Deutschland wird einigermaßen dafür gesorgt, dass sie nicht sterben – mit Decken und ein bisschen Essen – aber das ist auch schon alles. Sie haben nichts; du hingegen hast alles und machst daraus nichts. Schämen solltest du dich, unglücklich zu sein, während es immer noch Menschen gibt, deren einziger Wunsch es ist, nicht zu sterben – weiter kann der Horizont nicht reichen, verstehst du? Jeder Tag ein Kampf ums Überleben. Wer kümmert sich darum? Warum kümmern wir uns alle nicht?

So weak
So so selfish
everything's
my fault
i know
i know it
i annoy
me

♪ KOHH - Tokyo ♫

Während meiner Schulzeit habe ich mir das Ungleichgewicht der Welt immer so erklärt, dass es nun mal arme Länder und benachteiligte Menschen geben muss, damit es reiche Länder und besser versorgte Menschen geben kann.

Und das sagst du so leichtfertig, ohne dem irgendwas beizumessen.

Für den Reichtum der einen werden die anderen ausgebeutet – das ist ein Fakt, aber der sollte nicht vor Wertung geschützt sein! Es ist falsch; es ist moralisch höchst verwerflich. Das zu ignorieren bedeutet, an der Ausbeutung teilzunehmen. Es ist genug für alle da, wir haben ausreichend Ressourcen–

noch!

–um dafür zu sorgen, dass jeder genug hat, um in Würde leben zu können. Man müsste sich einfach nur einigen und fair teilen …

‚einfach'

Ja, es ist nicht einfach; man wird Teil dessen, was einen umgibt. Es ist dennoch möglich, sich davon zu distanzieren.

In der Natur bist du immer ein bisschen weniger verrückt.

wish you were here

Das Leben hier fühlt sich an wie mein Kokon. Ich war immer diese durchsichtige, wabbelige Raupe und habe mich vor Kurzem erst verpuppt. Jetzt bin ich in einer Art Schutzraum, umgeben von Menschen, vor denen ich wahrhaftig und selbstbewusst ich sein kann – ungefiltert –, sodass sie mein Spiegel sein können.

materially well off
mentally depressed

Du kannst dich hier erholen, zu dem morphen, was du sein möchtest und es.. sein. Wir sind hier, um das Leben wieder zu spüren.

fuck off
fuck off
fuck it fuck it

Wenn ich den Kokon verlasse, muss ich fliegen lernen. Irgendwann wird es an der Zeit sein, rauszugehen und das, was man ist, nach außen zu tragen – dann geht's an die Substanz, es wird Mut erfordern.

Ich bin diejenige, die all das meistern muss. Nicht du. Denn ich bin doch die verkorkste Fassade, ist es nicht so?

Wir. Ein glückliches und gesundes Leben ist nur dann möglich, wenn man es komplett selbst verantwortet; echte Fähigkeiten entscheiden darüber, wer einer Aufgabe gewachsen ist – und das Internet gibt nach und nach immer mehr Menschen den Zugang zu allen möglichen Informationen.

Viel Erfolg bei dem unmöglichen Vorhaben, für Weltfrieden zu sorgen, h3h3.

Stell dir mal vor, alle würden immer nur das Beste füreinander wollen und endlich anfangen, Kindern zuzuhören und auf Tiere Rücksicht zu nehmen. Stell dir vor, Meditation, Naturkunde (unter freiem Himmel) oder Nachhaltigkeit wären Schulfächer.

Bringt uns nichts, uns das vorzustellen; dann fuckt es nur umso mehr ab, dass es nicht so ist. Diese Welt stinkt, wir können kaum atmen, wenn du durch die Stadt läufst. Deine Haut ist dünn und trocken, das Essen besteht hauptsächlich aus Leichenteilen und bereitet uns Bauchschmerzen, außerdem bekommst du Pickel davon und dein Körper quillt auf, obwohl du eigentlich viel zu schwach und dünn bist, um alltäglichen Aktivitäten nachzugehen.

Dieser Körper ist tatsächlich sehr sensibel allen möglichen Schadstoffen gegenüber, das fiel mir schon immer auf.

pimple on my forehead
pimple on her forehead
let them kiss
let them kiss

An deinen technischen Geräten und Klamotten klebt Sklavenblut und das Trinkwasser schmeckt verschmutzt. Die Menschen kümmern sich einen Scheiß umeinander, jeder schaut nur, wo er selbst bleibt, und zieht aus seinen eigenen seelischen Verletzungen die Kraft, um andere zu verletzen. Das ist unsere Realität, jeden Tag.

my everything loves
her everything

don't
know
i'm
flying,
or
falling

Aber wenn alle sich auf das Gute konzentrieren würden, auf die Berührungspunkte untereinander, auf die Gemeinsamkeiten … dann könnten wir tatsächlich eine funktionierende, friedliche Gesellschaft sein. Wenn wir es schaffen könnten, unsere ganz individuellen Erfahrungen, Erinnerungen und Eindrücke von außen zu betrachten; wenn wir sie nutzen könnten, zum Wohle aller … Dann wären wir frei, nicht?

Was ist schon Freiheit?

eat and forget
eat and pretend to forget

dont wanna be an old asshole
who tells boring ass war story
so fuck the war
i wanna be an old asshole
who talks about fucked up fairytails
so fuck the war

yum yum yum
my dumb ass life

… katzenhaft kommt der Mond daher,

also sprach Zarathustra.

Meinte er uns damit?

Angesprochen gefühlt habe ich mich.

Das ist die Magie der Bücher,

Worte, die einem aus dem

Herzen sprechen.

Weißt du noch, als dieser Typ, in den du mal verknallt warst, uns den YouTube-Link von Lykke Lis ‚Little Bit' geschickt hat, als du es ihm gestanden hast? lol.

nobody's princess

Was für ein Statement.

Er war ein Blender.

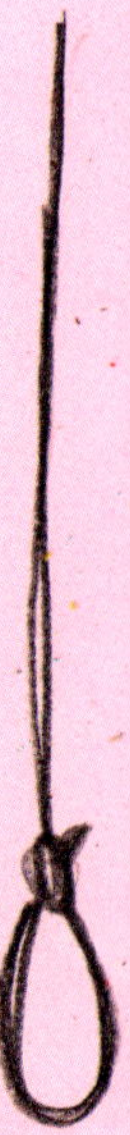

Er wollte auch einfach nur geliebt werden, so wie wir alle. Es war gut, dass er mir begegnet ist, durch ihn hab ich mich ein Stück weit besser kennengelernt–

und verstanden, was du *nicht* willst.

Es schadet nicht, ein paar Frösche zu küssen, um herauszufinden, wie ein Prinz sein sollte.

Außerdem sind diese Frösche für andere Menschen Prinzen;

dieses tiefe Gefühl von Liebe, was einen erfüllt,

wenn man im Bett liegt und mit dem eigenen Bein auf dem des anderen liegt?

Es ist all den Stress wert.

Woher wissen wir, dass das tatsächlich Liebe ist?

Ich habe schon jetzt das Gefühl, nicht genug Zeit mit ihm zu haben. Jede Sekunde, die ich ihn in meinen Armen halte, sauge ich bis ins kleinste Detail auf; keinen Moment mit ihm nehme ich als selbstverständlich wahr, immer ist er auf dem gleichen Stand wie ich, meine Seele liegt ausgebreitet zu seinen Füßen, meine Wange stets an der seinen – würde er verschwinden, ich könnte mir nicht vorwerfen, irgendwas nicht gesagt oder getan zu haben ... und doch: Wir haben nicht genug Zeit. Ich fühle das.

♪ Yung Hurn – Gefühle an dich in einer Altbauwohnung, Pt.II ♫

Ich dachte, du bist eh mit allem bis in alle Ewigkeit verbunden, was hängst du dann so an dieser bedeutungslosen menschlichen Bindung?

can not die
can not move
i don't know what to do

Es ist eigentlich so schön, als Mensch zu existieren; wäre nicht alles so unnötig kompliziert. Wir brauchen nicht viel, aber das erkennen wir nicht mehr. Wir haben vergessen, dass alles ganz leicht sein könnte, dass Frieden in uns selbst schlummert–

dass es Frieden gäbe, würde
jeder ihn in sich wachrufen

–und ihn durch jede seiner Entscheidungen leben. Eigentlich will man anderen Menschen nah sein ... Man will Gemeinschaft, man will seine Welt teilen und mit den Welten der anderen abgleichen.

Wenn es die meiste Zeit nur nicht so unglaublich kräftezehrend und niederschmetternd wäre, sich in der Menschenwelt aufzuhalten.. Sobald man einmal auf Twitter geht, einmal durch Facebookkommentare streift, will man sich einfach nur noch 'nen Strick nehmen.

Aber zwischen all dem Mist gibt es immer noch Menschen, denen es genauso gehen muss wie einem selbst. Ich meine, wir sind so viele! Und es wäre doch schön, diese Menschen zu erreichen, oder? Das Internet ist das Beste, was uns passieren konnte.

Ich sag nur /b/

Dass jeder gehört werden kann und sich dank der Anonymität auch traut zu sprechen, ist ein Segen. Natürlich sind viele Aspekte daran unangenehm, aber man sollte sich dem stellen! Auf allen Netzwerken kann man kleine Boote mit seinen Werten und Gedanken raus auf den Online-Ozean schicken und darauf hoffen, dass sie irgendwo ankommen; dass irgendwo jemand reinklettert und sich geborgen fühlt. Jeder von uns ist eine Insel, erinnerst du dich?

Es gibt btw online so 'n bestimmtes Ironielevel, was ich nicht mehr gette. Wenn du einfach nur 'nen dummen Kommentar im Internet hinterlässt, bleibt das 'n dummer Kommentar, egal ob du dich als Troll bezeichnest.

Es bringt nichts, sich an so was aufzuhalten; zu wenig Zeit.

Was ist schon wichtig und was unwichtig?

Zu wenig Zeit, viel zu wenig.

Ach, FU.

Jemand, der die Wurzel versteht, wird auch jeden noch so kleinen Ast begreifen, ohne sich lang daran aufhalten zu müssen.

Wie unterscheidet man, was real ist und was nicht? Wie findet man heraus, was die eigene und was die Realität aller ist?

an feel

can't talk

So wie das Videospiel für uns existiert, existieren wir für das Videospiel.

Das hat S mal gesagt.

Alles existiert in verschiedenen Dimensionen und das Leben breitet sich immer weiter aus, in ungeahnte Weiten ... Wir selbst sind Schöpfer, wir sind Erfinder, die Erforscher unseres eigenen Verstandes.

Und wenn du nur fest daran glaubst, kannst du auf dem Wasser gehen, nicht?

Wer weiß, was alles möglich sein wird; ist nicht früher oder später alles, was der Mensch sich erträumt hat, durch fortgeschrittene Technik wahr geworden?

Du bist immer noch wach; in der Nachttisch-schublade sind Schlaftabletten, 1 oder 2 davon reichen aus und du könntest in null Komma nix tief und fest schlummern~ wie ein Baby.

my god

want to live

so so bad

Wenn ich nur lernen könnte, mein Hirn zu beherrschen und meine Botenstoffe bewusst auszusenden, dann wäre ich der Herr meines Körpers und Geistes. Eigentlich ist man ja immer auf irgendwelchen Stoffen, die das Hirn aussendet – basierend auf den eigenen Erfahrungen und Eindrücken.

Du wirst mich nie zähmen können.

Eigentlich sind Drogen – richtig eingenommen – wie Cheats, die einen kleinen Einblick ins Paradies gewähren; eine Bewusstseinserweiterung; ein Vor-Augen-führen, was mit unserem Gehirn tatsächlich noch alles im Bereich des Möglichen liegt.

Aber die Tränen der Bäume sind für uns verboten; Fliegenpilze werden von vielen Menschen absichtlich zerstört.

Was für eine verrückte Welt, in der einem der Konsum dessen, was die Natur uns bietet, von anderen Menschen untersagt wird. Wir wachsen mit der Ansicht auf, dass Drogen der Teufel sind, der einen in den Abgrund zieht, dabei können sie der Engel sein, der einem den Weg aus der Hölle zeigt.

Wir haben es erlebt.

Man darf nur nicht drauf hängenbleiben; man muss vorsichtig damit umgehen und sie mehr wie einen Teaser sehen – denn man kann auch ohne Hilfsmittel diese Zustände erreichen. Durch Meditation lernt man, seinen Körper selbst zu kontrollieren und sich nicht von seinem Gehirn kontrollieren zu lassen.

man is mortal
i am mortal
she is mortal
we eating donut
so we dont care
yea we dont care

So wie diese Mönche in Tibet, die sterben, aber ihren Körper durch Meditation trotzdem noch am Leben halten können.

Unser Verstand ist ein mächtiges Instrument, wir müssen lernen, es zu spielen, sonst spielt es uns. Es reagiert die ganze Zeit über auf alles, was uns umgibt, durch den Filter der persönlichen Realität.

ja jaa, das dachtest du bereits.

Ich glaube, wir sind bereit für die nächsten Schritte.

Dann weißt du ja,
was zu tun ist.

find
be happy
die

satan fed god spaghetti yay yay
human race,
just a ketchup stain
on the god's shirt
god doesnt care about it
god sucks satan's dick
human race,
just a ketchup stain
on the god's shirt

Hmm..

Wir schaffen das.

do some bad shit that happy people never do and be happy

Sieh ihn dir an, wie er da liegt und träumt. In diesen Momenten liebe ich ihn am meisten, denn jetzt ist er vollkommen er selbst, so unverstellt und verletzlich wie sonst nie.

Liebe ist ein schöner Grund zu leben.

Dass wir so fühlen können, muss mehr bedeuten als bloße Fortpflanzung … Wir sind mehr als unsere Triebe, da bin ich mir sicher.

Apropos Triebe: Sollte man sich nicht vielleicht kurz vorm Einnicken noch ein Stückchen von Finns Schokolade gönnen?

Wenn wir unsere Ernährung nicht langsam mal umstellen, werden wir nicht sonderlich alt.

Ach komm schon, wir brauchen das, um all die Scheiße auf der Welt zu kompensieren und du kannst nicht jede Schwäche ausmerzen! Wenn du schon keine Drogen mehr nimmst, dann wenigstens Fast Food und Süßigkeiten~ Du liebst doch zerhäckselte Babyküken. <3

Eine schädliche Sucht durch die nächste zu ersetzen ist keine Lösung. Ich will nicht, dass wir früh sterben.

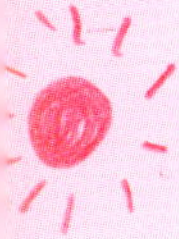

Dann bring uns weg von hier.

Wohin?

An einen Ort, wo wir atmen können.

Schlaf gut, myk☺.

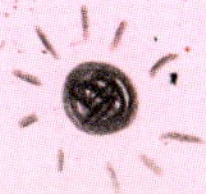

aww!!
aww!!

bad day
I survived

ILLUSTRATIONS MADE BY
YUTA SAKAKIBARA

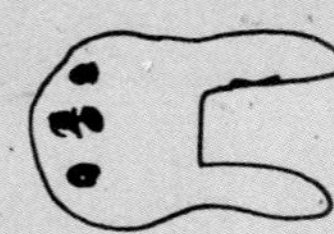

LAYOUT + TEXT + STICKER
MADE BY LUNA DARKO

☯ thank you~ to anyone, who's ever been or wanted to be my friend. peace.

„MYKO“ ist der zweite Teil einer Buchreihe, die noch nicht beendet ist. Wenn du interessiert an der Vorgeschichte sein solltest, lege ich dir hiermit meinen ersten Roman „Vergessene Kinder“ ans Herz.

Ich hoffe, diese streckenweise äußerst zähe, undurchsichtige und absurde Gedankenreise konnte etwas in dir bewegen. Danke für deine Aufmerksamkeit!

Luna Darko (2017), mit Unterstützung von...

Community EDITIONS

2. Auflage

Reinoldstraße 6, 50676 Köln

MIX
Papier aus verantw tungsvollen Quelle
FSC www.fsc.org FSC® C10663

Lektorat: Nele Thiemann
Digitalisierung der Sticker: Taddl Tjarks

Gesamtherstellung: Community Editions GmbH
www.community-editions.de
ISBN 978-3-96096-030-0